夫の財布 妻の財布

今井美沙子

東方出版

はじめに

三つ児の魂百までというけれど、わたしの生まれ育った五島列島の生家での、父母やゆかりの人々の教えは、還暦を迎えた今日、鮮明に思い出の中に生きている。

生家は、父、母、兄、姉、姉、わたし、弟の七人家族であったのに、七人だけで御飯を食べた覚えはない。

年中、誰か泊まり客や食客がいて、食事の時には、丸い卓袱台や父手作りの四角い卓袱台を不揃いに並べて、十二、三人でわいわいがやがやと食卓を囲んでいた。

「世の中には何十億っちいう人間がおるとに、こげんして同じ卓袱台で御飯ば食べる縁ば大事にせんばね」

と父母はいって、誰がやって来ても、紹介の紹介という人であっても、分け隔てなく愛想良く迎え入れた。

それは父母が先祖代々の熱心なカトリック信者であったことに起因する。

聖書の中の「マタイによる福音書第二十五章」に描かれている最後の審判の時のイエズスさまのことばを忠実に実行したかったのであろうと思われる。

「わたしの父に祝福された人たち、さあ、世の初めからあなたがたのために用意されている国を受け継ぎなさい。『あなたがたは、わたしが飢えているときに食べさせ、渇いていたときに飲ませ、旅をしているときに宿を貸し、裸のときに着せ、病気のときに見舞い、牢屋にいたときに訪ねてくれたからである』その時、正しい人たちは答えるのである。『主よ、いつわたしたちは、あなたが飢えておられるのを見て食べさせ、渇いておられるのを見て飲ませましたか。いつあなたが旅をしておられるのを見て宿を貸し、裸でおられるのを見て着せましたか。いつあなたが病気であり、牢屋におられるのを見て、あなたを訪ねてあげましたか』すると王は答えて『あなたがたによく言っておく。これらのわたしの兄弟、しかも最も小さな者の一人にしたのは、わたしにしたのである』と言うであろう――以下略」(『新約聖書』中央出版社刊より)

父母にとっては大人の男の人はイエズスさま、その人が長靴を履いていようが、ゴムの草履を履いていようが、酔っぱらいであろうがすべてイエズスさまと思って迎え入れるのであった。

女の人、女の子はマリアさま。

男の子は御子《おんこ》さま(キリストの幼少の頃の呼び名を五島の人は御子《おんこ》さまと呼んでいた)と思って接していたのである。

だから、初対面の人であっても十年来の知己のように「よう来た、よう来た」と手をとらんばかりにして上へ上げた。

今、刑務所から出て来たばかりの人でも、「罪を憎んで人を憎まず」といって受け入れて世話をするのだった。

家の中が片づいていないとか、他に先客があって、ふとんが足りないかもしれないとか食べ物が足りないのではないかとか――、そんな事が、ほんの少しは母の頭をよぎったとしてもすぐに打ち消したようである。

「何の何の、神さまに祈ればさ、何とかなるとたいね」

と母は声に出して、すぐに十字を切った。

すると、あーら不思議。

「あらよー、誰が置いて行ってくれたとじゃろか、米も卵も魚も野菜も、果物まで置いてくれちょるよ」

と玄関の方から母の弾んだ大きな声がした。

幼少の頃にはお客さんが多くてもそんなものかと思っていたが、長ずるに従い、特に思春期の頃には、お客さんがうっとうしくて、静かに家族だけで暮らしたいと思ったものであった。

「かあちゃん、なして（どうして）そげんに人ん世話ばするとね？」

と母に聞いたことがある。

「人間はさ、なるべく集まって、飲んだり食べたりする方が安上がりでよかとよ。電気代でん、炭代でん、たきもの代でん、安上がりぞ。今、うちに来とるそれぞれん人間がそれぞれん家で御飯ば食べるとするじゃろう、ひとりでん、やっぱりさ、電気代もいれば、炭代もたきもの代もいるとよ。じゃばってんこげんして、大勢でおればさ、電気もみんなで使えるし、火鉢もみんなで使える。御飯ば炊くとも、大釜で大勢の人の分炊けるとよ。おかずも同じこと。じゃけん、こげんして、うちん家へ集まって、大勢でおる方が安上がりたいね。何よりしゃべっとって楽しかじゃん。仲が良かっち良かもんぞ。嫁さんと姑さんが仲良うして一緒の家で暮らせれば、お互い、経済的に得たいね。仲良うするとは金もうけたいね」

と母特有の経済の考え方をのべるのだった。

「人が集まりやすか家っちいうのは、よかもんぞ。物も持って来てくれるし、面白か世間話も持って来てくれる。かあちゃんにゃ、船酔い、車酔いばするけん、どこにも行きやえんばってん、人が集まって来てくれるけん他国の話も聞けてよかもんぞ」

母は和裁をして生計を助けていて、子ども五人の世話もあったのに、その上、大勢の泊まり客、食客の世話もしていたのであった。

心身、大変であっただろうに、母はいつも朗らかで、楽しそうに人の世話をしていた。

「人の世話ばするとに、ちまちまと計算ばしたらいなかとよ（いけないよ）。米がいくらで魚がいくらで、酒がいくらで……と計算ばしよったら、とてもじゃなか、人の世話はできんとよ。人の世話ばするには、まず、太っ腹になることたいね」

と自分にいいきかせるようにいっていた。

そして、「自分が人にしてあげたことはすぐに忘れろよ。その反対に、自分が人にしてもろうたことは忘るんな。いつか、何かの形で返さんばよ」と口すっぱく、子どもたちに教えた。

物や金に執着しないおおらかな父母であった。

その代わり、わが家は出入りの人たちに助けられていた面も多くあったと思う。

商売好きの父が商売に失敗していた時期にも飢えずにすんだのは、年中、誰かが食べ物を運んで来ていたのだろう。

電気が止められなかったのも、誰かが電気代をカンパしてくれていたのだろう。

今、思えば、生家は人の世話をすることで生活していたのではないかとさえ思われる。

わたしの高校入学時を思い出しても、制服の生地はわが家へ出入りしていた従姉の姉ちゃんが買ってくれ、縫ってくれたのはわが家の真ん前にあった大賀三味線屋の姉ちゃんであった。

わたしは三年間、この一着で通した。

夏服二枚も母の友だちが縫ってくれた。

高校の学費は当時、一か月九百円かと記憶しているが、それも、わが家へ出入りの人たちが「美沙ちゃんは本が好きじゃけん、本代に使えばよか」とくれるお金を貯めては支払ったりした。

わが家へ泊まっている従兄の兄ちゃんのカッターシャツやズボンをクリーニングに持って行くと二百円とか三百円とか駄賃をくれるのであった。

クリーニング代より高かったのではないかと思う。

わたしが自分の力だけでお金を稼いだのは高校一年生の夏休み。

隣家のY子さんに誘われて、近所のアイスキャンデーの製造工場で働いたのである。

日給二百円。

三十五日働いて七千円の報酬を得た。

三千五百円で木製の高机と椅子が買え、あとは外国文学の本を買ったり、映画代にしたり、洋服を買ったりした。

しかし、二年生以降は親の許可が出なかった。

末の娘で、しかも幼少の頃身体の弱かったわたしが長靴を履いて工場で働く姿を母がそっと見に来ていたらしく、「つんだひか（可哀相）」という理由で働くことを反対された。

「お金はさ、汚か格好で働いてんさ、きれいに使うもんぞ」

とわたしが七千円を母に見せた時、母はいった。

「正しく働いて、正しく使うもんぞ。物のやりとり、お金の使い方にそん人の人間性が出るけん、気ばつけんばよ」ともいわれた。

親に教えられたことを胸にたたんで大阪へやって来て四十余年が過ぎた。

その時々で、様々な人に出会い、様々なお金や物に対する言動を見たり、聞いたりしてきた。

その時、わたしのものさしになったのは、五島での父母から教えられたことである。

明治生まれの両親のいったことであるが、時代が変わろうが、場所が変わろうが、全く色あせることはない。

親の意見とナスビの花は千にひとつもアダはないというけれど、父母の物や金に対する考え方は古びていない。

いや、拝金主義に傾きつつある昨今だからこそ、尚更、父母の教えてくれたことが大切ではないかと思う。

これから、わたしの見たり聞いたりしたことを紹介したいと思う。

反面教師と思うこと、見習いたいと思うこと、あさましくて軽蔑したくなるようなこと、後の世へ伝えたいと思うこと……、あらゆる物やお金にまつわる話をとくとお読みいただきたい。

自分に似た人、対極にいる人、自分がもしその立場になったら、いったい、どのような言動をするだろうかと、登場人物に自分を重ねて考えてみるのもいいかもしれない。

●目次

III　夫の財布　妻の財布　149

Ⅰ　物も天下の回り物

わたしの生活

現在、夫、わたし、息子の三人家族であるが、自家用車はなし、三人共、運転免許証すら持っていない。

わが家は大阪市内の比較的便利な場所にあり、今まで自家用車の必要を感じたことはない。

急ぐ時や身体がしんどい時には歩いて二分ほどの国道まで出るとすぐにタクシーに乗ることができる。

車を持っている友人にきくと、車検やガレージ代やガソリン代やとお金が結構かかるそうである。

その車も現金で買っている人は少なく、ローンを組んで買っている人の方が多いという。

よく観察すると、自分の家の間口より大きい車が止まっていたりする。

大きな家を買うのを諦めて、せめて大きい車を持ちたいのかは知らないが……。

毎月の終わりに新聞販売店がサービスで配る小冊子を見ると、そこに若い夫婦の家計簿が紹介されている。

家のローン、車のローンが必ずといっていいほど支出欄に記入されている。

食費を見るといったい何を食べているのだろうかと心配されるような少ない金額である。

ひょっとしたら、土、日、祭日は両方の親の家でおよばれしているのかもしれないと想像されるほどの金額である。

紹介されている若い家計の半数ほどが、米は実家より、野菜は実家よりと記入されており、なるほど少ないはずと合点がいく。

家や車を持てる費用を両方の実家が間接的に助けているのである。

夫婦共に携帯電話代も記入されている。

昔、アメリカ映画を観た時に、各家に一台車があって、アメリカって何と豊かな国だろうと思ったことを覚えている。

今や日本でも各家に一台、いや各家に人数分、車があったりする。

車庫がないのに車を購入したらしく、狭い道路に常駐、路上駐車しているので、歩行者は道の真ん中を歩かなければならない。

大阪では二〇〇六年六月より路上駐車の取り締まりが厳しくなり、少しずつではあるが、長時間の路上駐車が減っているようである。

息子が中学、高校時代、家に車がないといったら、「今井とこ、貧乏か?」とクラスメイトに聞かれたといって苦笑しながら帰って来た。

息子は中学時代まで、「おかあさん、うちは貧乏か、それともお金はあるんか?」と心配していてきた。

クーラーも冷凍冷蔵庫もなかったからである。

息子は幼稚園の頃からよその家のように、家に帰ってすぐ、冷凍庫の扉を開けてアイスクリームが食べられるのが夢であった。

と、いっても、わが家の二軒隣りにアイスクリームを売っている店があったので、息子に不自由はなかったはずである。

息子の中学時代、わたしの大好きな画家、田中敦子さんの抽象画を大金を出して買った。

「おかあさん、この絵いくら?」

いくらいくらと答えると、

「おかあさん、冷凍冷蔵庫、何台も買えるやん」

「そりゃ、買えるよ。でも、この絵やったらおかあさんを励ますけど、冷凍冷蔵庫買っても、よし、いいものを書くぞって励まされへんもん。おかあさんにとっては田中さんの絵の方が必需品!」

「ふーん」

わが家にクーラーがついたのが息子が中学三年生の時。

それもお客さんを通す応接間だけ。

息子の部屋にクーラーがついたのは高校三年生の時。

冷凍冷蔵庫は、それまで使っていた小型の冷蔵庫が故障し、修理は無理といわれたので息子が大学生の時に購入した。

シャワーがついたのが二〇〇三年夏。

反対していた父が二月に亡くなり、やっと晴れてシャワーがつけられたのである。

何もかも町内で一番遅かったと思う。

洗濯機は二槽式。

電気釜はなく、御飯は厚手の鍋で炊いている。手間暇がかかる分、うちの御飯はとてもおいしいとお客さんに好評である。

電気ポットもなく、必要な時、必要な分だけやかんで沸かしている。

電子レンジは二年前に知り合いの引っ越しの時にいただいて重宝している。

それまでは御飯を温めるのにいちいち蒸し器でしていたので、あと蒸し器を洗うのに手間がかかった。

友人たちには食器洗い機、乾燥機をすすめられるが、わたしは母たちがしていたように手で洗って布巾で丁寧に拭いている。

手や指先を使う方がボケ防止になると思っているのである。

台所にも便利な道具類は一切ない。

包丁は昔ながらの研ぎ石で研いでいる。

パソコンも携帯電話も持たないが不都合を感じたことはない（というのはわたしの言い分で出版社の方は困っているのかもしれないが……）。

原稿も万年筆の手書き。

ものを書く人の大半がワープロを使っているというが、わたしは手書きを続けたいと想っている（果たして将来もずっと出版社の方が許してくれるかどうか心もとないが……）。

携帯電話ははっきりいってやかましい。

電車の中で、道を歩きながら、スーパーの店内で……。大声でしゃべりまくる人がいるのは不愉快である。

どうして猫も杓子も携帯電話を持つようになってしまったのだろうかと嘆きつつわたしは横目で見ている。

本当に必要な人（例えば辺鄙な人里離れた所で測量している測量士とか森林の伐採している人とか、板子一枚下は地獄といわれる海の上で働いている人とか……）であれば、それは便利に使ったらいいと思うが、必要もないのにそこらへんのおばはん（常識の度を過ぎた女性を大阪ではおばさんと呼ばずおばはんと呼ぶ。ちなみにおじさんはおっさんとなる。念のため）がしゃべりまくるのには納得がいかない。

夫と妻、お互い携帯電話を持っていて、晩のおかずがどうの、おやつがどうのと、箸が転んだような些細な事まで人前でしゃべるのには首をかしげる。

便利は不便で、携帯電話をめぐる事件は年々増えている。

先日も夫の携帯電話にワイセツ画像が送られているのを妻が勝手に盗み見して、自分が盗み見したのを棚に上げて、夫を口汚くののしったので、夫が妻を殺すという事件が報道されていた。

お互いの生活を尊重できない人間が携帯電話を持つ資格はない。

お互いの携帯電話は絶対に盗み見するものではない。盗み見するのは相手を信頼していない証拠だし、自分も人間が卑しくなる。

話は変わって、

「美沙子さんが羨ましい」

といわれることが多いが、なぜか。

「見栄や体裁にこだわらんと自分の生活を貫いているから」

というのが理由らしい。

高価な指輪やネックレスで自分を飾ることもせず、ブランドの物を身につけることもしないわたしが羨ましいとは異なことをいうなと思ってきいている。

見栄や体裁にこだわる知人ふたりを紹介する（良識ある読者はこっけいで吹き出してしまうかわからないが、そこを我慢して読んでいただきたい）。

京子さんは小学三年生の息子が三階のベランダから庭の芝生に落ちたとき、病院へ運ぶ前に、

「わたし、意外と冷静やったんよ。救急車が来る前にブランドの洋服に着替えて、一番上等の指輪をはめたんよ。そうせんと粗末に扱われたらあかんから。知ってる近所の病院やったらいいけど、どこの病院に運ばれるのかわからへんでしょう。貧乏人に見られたら損でしょう。とっさの時にもわたし考えてん。自分をよく見せたいと。それが子どものためやもん」

と信じられないような事を平気でいう。

（後日談。京子さんの夫の経営していた会社が倒産し、京子さん一家は夜逃げした）

また文子さんはいう。

「今井さんはよくも何も宝石つけないで街を歩けるわ。わたし、宝石つけへんかったら、裸で外を歩いてるみたいで落ち着けへんわ」

「わたしはね、逆にね、そんなもんつけたら落ち着いて歩かれへんわ」

とわたしはいった。

わたしの知人で金持ちの吉田さんがいるが（アメリカのボストンに著名な政治家が住んでいた家を買ったほどの人）、彼女はわたしの夫の個展のオープニングパーティに来た時にも宝石ひとつつけず、綿パンにTシャツ姿。

しかし、彼女は普段着のままいても品のいい人である。

着飾らなくても育ちの良さ、現在の富裕なゆったりとした暮らしが、立ち居振る舞い、言葉づかいにそのまま表れているのである。

ちょっとした所に行くのに、頭のてっぺんから足のつま先まで着飾らないと気がすまない人がいるが、本当にその人は豊かだろうかと思ってわたしは眺める。

買ったばかりの高価な宝石を身につけていても、なくなっていないかしょっちゅう見たり、触ったりして確認している人がいるが、そんな人も豊かな人とはいいがたいだろう。

わたしや吉田さんのようにいっそしない方が、どんなに気が楽か。

わたしは外国旅行も国内旅行もほとんどしない。

外食もよほどのことがない限りしない。

三度三度、家にいる限りは手料理である。

「旅行もしないで何が楽しいん？　食べ歩きもしないで何が楽しいん？」

旅好き、外食好きの知人にきかれたことがあるが、心の中で「馬鹿にしないでよ。外にだけ楽しみがあるわけないわ。家の中にも結構楽しみはあるもんやわ」と反論した。

その人にはいってもわかってもらいにくいので「……」とあいまいに笑ってすませた。

わたしは三十歳でもの書きとして出発して、以来三十年。

七十冊の本を書いた。

五十代の初め、今井の母が入院するまでは東奔西走、取材や講演で休みなく全国を飛び回っていた。

今井の母が入院していた五年半は、毎日、病院へ母の様子を見に行った。仕事をセーブしたのでおのずから仕事量は減ったがその代わりいい仕事を選択することができるようになった。

その母も同居していた父も見送り、今、やっと、自分の好きなように暮らせるようになった。

わたしは外より家が好きなのである。

飼い猫七匹を順番にひざに抱いて、本を読んだり、原稿を書いたり、手紙や葉書を書いたりするのが楽しいのである。

アイロンかけも好きだし、雑巾を握るのも好きである。植物をいじるのも好きである。

やっとこのような平穏な日常がめぐってきた。

十八歳で大阪へ出て来てからずっと働きづめに働いてきた。

贅沢しなければ一生食べるに困ることはないだろう。

息子が時々、わたしにきく。

「おかあさん、どうして、贅沢せえーへんの。たまにはパーッと贅沢したらええのに。お金はあるんやろ」

「わたしはね、田舎でね、明治生まれの親に育てられたんで、その頃とあまりかけ離れた生活したくないねん。田舎のおじいちゃんとおばあちゃんは、もしお金持ちになっても贅沢せんと質素にして、その分寄附したと思うよ。おかあさんも見習いたいねん」

「ぼくの知ってる限りでも、方々へ寄附してるやん」

「まだ足りへんねん。もっとしたいねん。それとね、わたしはね、年とっておばあさんになった時、惨めな暮らししとうないの。病気した時もね。そんな時こそ、お金をパーッと使って贅沢するねん。パジャマも一番ええのんを買って着るねん。わたしはね、得意の時も失意の時も同じ暮らしがしたいねん」

「ふーん」

十八歳で赤いスーツケースひとつ下げて大阪へやって来たわたしにすれば、充分すぎるほど物にもお金にも家族にも友人にも猫にも恵まれ、これ以上、何を望むことがあろうかと思っている。

コレクション

わたしは一九六二年九月二十六日まで欲張りな少女であった。

こけし人形を二百余り、グリコのおまけを三百余り集めて悦に入っていた。

学校の友達はこけし人形やグリコのおまけが手に入るとわたしにプレゼントしてくれた。

その大小さまざまなこけし人形を道路から見える表側のガラス張りの部屋の棚にずらりと並べて、道行く人を驚かせた。

「まぁ、どげんどげんして集めたと?」

ときかれるのが嬉しかった。

まぁ、自慢しいの少女だったのである。

しかし、その自慢しいは見事に打ち砕かれた。

福江大火の類焼でわたしのコレクションはすべて焼失したのである。その時、はっきりと目が覚めた。

父母はいった。

「物はさ、焼けたらのうなるとよ。お金もさ、人にだまされたり、盗られたりしたらのうなるとよ。じゃけん、これからは物やお金やに執着せんと、自分の身につくことば考えんばよ。将来、あがどんにお金ができても、物じゃのうて、自分の身につくことにお金は使えよ。資格ばとるとか本ば読んで勉強するとかね」

物のはかなさを目の当たりにしたわたしは、その日以来、ぷつりとコレクションの趣味を絶ったのである。

それから約四十余年。

コレクション趣味は全くない。

猫の飾り物が多いので、「猫の飾り物、集めてますの」ときかれるがノーである。

わたしが猫好きなので、友人知人が店先でみつけてはプレゼントしてくれたのをただ飾っているだけである。

自分で買ったものはひとつもない。

ブローチなどの装飾品もほとんど自分では買っていなくていただきものである。

テレビなどで様々なコレクションのコレクターが紹介されているが、その人たちはよほど整理整頓が得意で几帳面な性格の人たちだろうと感心して見る。

わたしは整理整頓が苦手なのでまずコレクターとしての資格はない。

少女の頃、コレクターたりえたのは、几帳面な母が傍についていたからである。

「物はさ、あんまり持たん方が気楽でよかとよ。じゃけん、あがもあんまり持つなよ」

と母はわたしが帰郷すると気楽に生きよといってきかせるのだった。

しかし、作家生活も三十年続けているといつのまにか膨大な本の量である。

小さい図書館ならすぐに開けるほどたまっている。これでも、不要な本を結構、寄附しているのではあるが、それでも追いつかないくらい本だけはたまる。

まぁ、職業的に仕方ないかと思い、その代わり、他の物は増やさないように心がけている。

わが家は外から見るとだだっ広いような家なので、あれもらって欲しい、これもらって欲しいと家具などの打診を受けるがノーである。

家の中では夫の現代美術の作品がかなりの量占めているのである。

夫は自分の作品の収納が第一なので、どんなにいい家具でも増やすのを好まない。

夫と口喧嘩する時の原因は、

「あんたの作品、どないかなれへんの」

「君の本こそ整理して、どこかにもらってもらったらどないや」

と場所争いである。

それ以外は、夫もわたしもコレクションはないので何とかおさまっている。

大火のあと、父母は裏判（保証人となって判を押すこと）を押すことを強くいましめた。

父方の祖父が昔、裏判を押し、多くの財産を失い、苦労した話を耳にタコができるくらいきかされた。

それは五人の子どもたちは守って暮らしていて、いわゆる、保証かぶれに陥った者はいない。

わたしの知人で大金持ちの人がいた。

夫が事業で大成功し、五百坪ほどの土地に大豪邸を建てて住んでいた。ところが夫がガンで亡くなったあと、生前、知り合いの保証人になっていて、土地建物、銀行預金すべて差し押さえられた。

妻には何の相談もなく保証人になっていたのであった。

まぁ、食べるのに困るようなことはないだろうがかなりのショックを受けていた。

保証人で思い出したが、やはりわたしの知人の男性で、自分が家を建てる際に、銀行からお金を借りる時、弟に保証人になってもらったのに、弟が家を建てる時、保証人になるのを拒否して、兄弟、仲たがいした事を知っている。

その後、弟の勤めていた会社は倒産し、弟はリストラされて、新築の家から出なければならなくなり、親類で保証人になった人も家を失い、親類の人は兄、弟共に恨んでいるという。

保証人の問題はむずかしい。

わたし個人としては保証人を立ててまで何かをするということは、かつて一度もしたことはない。

生身の人間のことだから、いつ、何があるかわからない。だから、高望みせずに自分の今、出来る範囲でほどほどに暮らしていけたらいいじゃないかと思っているのである。

さて元のコレクションの話に戻るが、自分の意思で自分も楽しみ、他人も楽しませるコレクションならいいが、同居していた夫の父のコレクションには閉口した。

いや、コレクションではない。

ただ捨てないでたまっただけなのである。

卵のプラスチックのケースをはじめ、昔、卵を入れてあげたり、もらったりしていたもみがら、大昔からのカレンダー等々、とにかくあらゆる不用品が押し入れにいっぱい詰まっていて、父が亡くなって三年たってもまだ片づけは完全には終わっていない。

漫才師の大木こだま、ひびきじゃないが、

「おおじょうしまっせ」の心境である。

往生を辞書で調べて一番適当な意味は「どうにもしょうがなくなること」だと思う。

わたしも昨年還暦を迎えたので、息子にこんな思いをさせないように、要、不要を早めに決めて、身の周りの物を整理しなければいけないなと思っている。

その話を女友だちにしたら、その息子や娘は、

「おかあさん、物は残さんといてね。今は物を捨てるにもお金が要る時代やから。人が欲しがるようなコレクションかお金にしてね。それやったらなんぼ残しても困らんわ。じゃまになれへんから。お願いね」

というそうである。

わたしが今一番心配していることは、現代美術家の夫に先立たれた時のことである。

家には膨大な量の夫の作品がある。

もし、売れたと仮定しての値段を税務署につけられて膨大な税金がかかってきたらどうしようということである。

作品が大きすぎて逃げも隠れも出来ないのである。

とまたこれも別の女友だちにすると、

「ええやないの。物が残っただけ。うちなんか飲んでしまって、水と一緒に流れて、何も残ってへんわ」

と羨ましがられた。

きれいさっぱり物を残さないのがいいのか、夫のように膨大な量の作品を残すのがいいのか、さっぱりわからない。

猫に学ぶ

人間が亡くなった時と猫が亡くなった時の大きな違いは、人間は膨大な量の物を残すが、猫はほとんど何も残さないことである。

食事の時に使っていたお皿や気に入っていた膝掛け毛布かバスタオルくらいは残るがただそれだけのこと。

着たきりの一枚切りの毛皮を毎日丁寧に手入れして、一生涯、衣に関しては何も欲しがらない。

年頃になっても化粧品もアクセサリーも欲しがらない。

そういう猫をじっと見ていると、身体はひとつなんやと当たり前のことを気づかせてくれる。

猫に小判という諺があるが、お金も勿論欲しがらないし、無欲そのものである。

冠婚葬祭

何十年か前、冠婚葬祭を簡素化しましょうということで新生活運動なるものが起こったのをわずかに記憶している。

その名残が少しは残っている地域もあるという。

わたしの住む地域は町内のどなたが亡くなっても隣組、一軒につき千円集めて渡し、お返しはなしということになっている。

しかし、つきあいの軽重というものがある。

一律千円というわけにはいかないので、町内会のつきあいはつきあいとして千円、あと個人的に香典をお包みするというのがわが家のやり方である。

ちなみにわが家では、三十余年前に祖母が亡くなった時は父が喪主であったので、香典をいただき、半返しをした。

しかし、父と母が亡くなった時は香典を辞退し、お返しに振り回されないですんだ。

わたしは香典でも御祝いでも自分がするのはいいが、他人からいただくのは遠慮したい方である。

というのは過去に苦い思い出がある。

読者に信じてもらえるかどうか心もとないが、実際、わたしが体験したことなので一応報告させていただきたい。

息子が生まれた時、今井の家に出入りしていた十一人の人たちに二千二百円の御祝金をいただいた（十人だったかな？　記憶が定かでない）。

とにかく計算するとひとり二百円の御祝金である。これだけははっきり記憶している。

一九七〇年大阪万博の秋の終わりである。

いくらその頃とはいえ、ひとり二百円は、多分、お返しなしにしてくださいという配慮だとわたしと夫は勝手に解釈し、口で御礼だけいってお返しをしなかった。

ところが、しばらくして、悪口がきこえてきた。

「やっぱり若奥さんは田舎者や。礼儀がなってない。御祝いをいただいてお返しするのは当たり前やのに……」

それは父母の耳にも入ったらしく、

「あんた、お返し、してへんのか。あかんで。ちゃんとお返ししいや」

と注意を受けた。

それでわたしは近所の和菓子屋で紅白のまんじゅうを箱に詰めてもらい、それをお返しにした。ひとり百八十円ついた。

つまり、計算すると差し引きひとり二十円の御祝いをいただいたのであった。

それ以来、わたしは父母に強くいった。

「ピカちゃんが入園しようが、入学しようが、絶対にあの人たちから御祝金いただかんといてね。持って来ても辞退してね。お願いやから」

わずかの御祝いいただいてお返しに心くだくことはとてもしんどいことであるから、未然に防ぎたかったのである。

骨の髄までその時のイヤな思い出がしみついてしまったのである。

仲の良い友だちにそのことをいったら、

「えっ？　ほんまに？　大木こだま、ひびきの漫才に『そんな人おれへん』があるけど、そんな人らがおったんやね」

と心底あきれたようにいった。

わたしは大阪へ来て、特に今井の家に来て、

「えっ？　こんな人らがおったんやね」

の経験をイヤというほどしたが、読者の人には信じてもらいにくいだろうし、書いていても楽しくないので、この一件のみ紹介しておくだけにしたい。

あとは賢明な読者の皆さんなら推して知るべしであろう。

わたしは子どもの頃より、香典でも御祝いでも御見舞いでも半返しするものだと教えられて育った。

だから自分がいただいた場合は必ず半返しを心がけている。

しかし、最近では半返しをする人が少なくなった。

三分の一すればいい方で、五分の一、十分の一の場合もある。
もらいっぱなしでしない人もある。

しない人のことをごちゃごちゃいう人がいる。確かに礼儀にはかなっていないかしらないが、いったん自分の財布から出たお金はお足というくらいだから遠くまで歩いて行ってしまって帰って来ない場合もあると、おおらかに考えることをおすすめしたい。

最初の新生活運動の話に戻るが、わたしは葬式代があるなら、香典はいただかない方がいいのではないかと思っている。

先日もテレビを観ていたら、生活保護をいただいている高齢者の人が出ていて、高齢者加算が打ち切られることにより、親類や友人知人が亡くなっても香典がないために葬式へ行けないのが一番残念だといっていた。

香典をいただかない葬式をすれば、交通費だけ捻出すれば何とかなるので、葬式に参列できるのにと思った。

葬式代がありその上余裕のある人は逆に参列してくれた人たちに対し、商品券なりの心づかいを故人になりかわってしたらどうかとさえわたしは思う。

それが供養なのではないかと思う。

わたしの知人の知人は、情け深かった父親の命日には、ホームレスの多い地域の中華料理店を一日借り切って、その日一日、無料でラーメンなどを食べてもらうのを父親の供養にしているそうである。

さて、結婚披露宴であるが、年々保守化して派手になっているのではないかと思う。結婚披露宴のために借金をし、三年間もその返済に追われた若夫婦を知っているが、本末転倒だと思う。

地味でお金のかからない結婚式をあげて、借金のない新生活をスタートさせる方がどんなに心身共に楽だろうか。

他人は他人、自分は自分と割り切って、自分たちの経済力に一番ふさわしい結婚式と結婚披露宴をすべきである。

わたしが感心した若いカップルは両方の親と兄弟の身内だけの結婚式・食事会を神社でして、あと、新居に、休みごとに叔父や叔母、職場の人などを順番に呼んで食事をし、それをささやかな披露宴にした。

お金はほとんどかからなかったという。

見栄や体裁で借金してまで豪華な結婚式を挙げるなど愚かの極みだと思う。

また結婚式の引出物も考えものである。

ある年、結婚式が続き、招待されるままに出席すると、三回続けて、同じワイングラスでうんざりした。

結婚式場に同じ業者が入っていたのだろう。

カタログ本が引出物でその中から選ぶというのがあるが、どの商品もほとんど不要なものばかりである。

いっそ、何でも買える商品券の方が、軽くて持ち帰りも楽だと思うが……。

わたしの場合、欲しいのは本だけなので商品券の方がずっといい。従ってわが家にいただいた分のお返しは商品券の半返しに決めている。

香典のお返し、引出物は洗剤などの日用品以外はほとんどバザーなどに寄附するほかはない。業者をもうけさせるために、不要な物を購入し、配っているのである。

ここらで考えなおすべきではないか。

地方の農家を取材でたずねると、たいてい、

「タオル屋が出来るほど押し入れにタオル類がいっぱいあります」

「陶器屋さんが出来るくらい押し入れに陶器が詰まっています。これを現金に換算すると相当な金額だな。これは半返しの分だから、実際、自分たちの出した金額の合計を思うと、勿体ないなと思います。このつきあい方、何とかならないかと思います」

という声がきかれるが、その後、改善したということはあまり聞かない。

婦人会などが率先してやるべきだと思うが……。

わたしの場合は、御祝や御見舞いに関してはすべて現金である。

結婚、出産、入園、入学、卒業、就職、還暦、古希、喜寿、米寿……すべて。

現金の方が使い勝手がいい。

里の母が、

「年ばとったら現金がよかね。物はもう買わんでもよかぐらい何でもあるけんね。年ばとるとさ、

入ってくるお金は少なかとに、誰が亡くなった、誰が入院した、……と、交際費がびっしゃり（沢山）いるけんね」

といっていた。

わたしは母へお金を送る時、一万円札、五千円札、千円札、すべて銀行で新札に換えてもらって送った。

着くと電話がかかってきて、

「おおきに、おおきに。腰が痛うてさ、銀行まで行ききらんじゃったけん、大助かりたい。すぐにさ、御見舞いにも孫どんのお年玉にも使えてよかよ。あがは（おまえは）よく気がつくね」

とほめられて嬉しくて口が結べなかった。

母の日にもカーネーションは母のすぐ傍にいる孫たちに任せて、わたしは現金を送った。

母が亡くなった時、家財道具の整理に帰っていた長兄と長姉から「おまえがかあちゃんに送った現金書留の封筒がどっさり出て来たよ」ときいた。

他の兄弟、特に長兄はわたしより頻繁に送っていたはずである。

しかし、幼少の頃、身体が弱くて何度か生死の境をさまよった末娘のわたしが元気になり、原稿を書いて得たお金を送ってくれるのが格別嬉しかったのだろう。

わたしが送った現金書留の封筒は大きい和菓子の箱に保管されていて、もうひとつの中型の和菓子の箱には「今井美沙子」が新聞や雑誌に載った時の切り抜きが大切に保管されていたという。

買いおきのすすめ

実家の母は「腐らんもんは何でも買いおきばしとかんばよ。いざ、そん品物が品切れっちいうてでん、慌てんですむけんね。ほら、トイレットペーパー騒ぎがあったじゃろう。あん時さ、かあちゃんは常日頃から買いおきばしとったけん、慌てず騒がず、すました顔でおられたとよ。逆にさ、日頃の備えば怠っちょった人どんに分けてあげる余裕があったとよ」といっていた。

「現金も大事か知らんばってん、戦時中や戦後の物不足ば知っちょるかあちゃんにすればやっぱりさ、現金よりも実際すぐに使える物の方が大事じゃと思うとよ。男ん人は外に出て働いて、家の中のことはあんまりわからんけん、家におるおなごがさ、しっかりして備えば怠らんごとせんばよ」

と母は娘三人に口すっぱく教えた。

わたしは母にならって、トイレットペーパー、ティッシュペーパー、洗濯用洗剤、食器用洗剤、石鹸、タオル、シャンプー、リンス、下着類など、二年は買わなくても困らないくらい買いおきしている。

食べ物では、うどん、そば、スパゲッティなどの麺類、醤油、みそ。高野豆腐、干ししいたけ、小麦粉、砂糖、ワカメ、ひじき、切り干し大根なども買いおきしている。

米は米不足の時のことを思い出し、常時二十キロは余分に置いてある。

その他、わたしが買いおきしているのは灯油、十八リットル缶で十缶は必ず置いてある。

寒がりなので、灯油だけは欠かせないのである。

その灯油であるが、二〇〇五年春までは、十八リットル七百二十円で買いやすかったのに、一年後には十八リットル千四百五十円と倍以上値上がりし驚いた。

その驚きを綴ったわたしの日記を紹介しよう。

二〇〇六年一月九日（月）

――朝九時頃「♪垣根の垣根の曲がり角♪」の歌が聞こえてきたので、門の前に灯油缶を七缶出す。灯油また値上がりしていた。一缶千四百五十円という。びっくりする。昨年の今頃は七百二十円であったから二倍である。今日一日灯油を節約することにしてみた。

今（午後五時）、隣室では石油ファンヒーターをつけているが、それは洗濯物を乾かすためであり、洗濯物が乾いたらすぐに消そうと思っている。

わたしたちの部屋（和室の寝室）は今日一日、反射式の石油ストーブをつけずに我慢した。

せめて週三缶で我慢するようにしなければと思っている（息子の将棋塾がなければ週一缶半くらいでやれる）。

家族の協力が必要である。私宅は夫、わたし、息子、三人共に現役で働いているので灯油が高くなっても買うことはできるが、生活に困窮している人たちはいったいどうなんだろうと心配になる。

今朝も朝日新聞の読者欄に、下流社会についての投書が載っていたが、定収入のない低所得者の人たちのことをよくわかってくれる政治家が多くなることを祈る。何でも規制緩和、自由主義競争の金持ち中心の政治のやり方を変えて欲しいと願う――

次に千五百五十円まで値上がりしたが、今年（二〇〇七）一月は千二百七十円である。

高い時から比べると三百円弱安くなったと思われるが、安かった時に比べると五百五十円も高いままで値段が安定してしまった。ちなみに二〇〇七年十一月十九日現在の灯油価格は十八リットル千六百八十円である。

日本には油田がない。輸入に頼っているのでいいなりの値段で買わなければならない。

昨年より、寒がりのわたしではあるが、灯油にあまり頼らず、家の中では綿入れの半纏を着て頑張っている。

また寒い季節がやって来た時、灯油の価格が上がっているかもわからないので、十缶は確保して、次の寒い季節に備えている。

夫に先立たれ、国民年金とわずかばかりの貯金を切り崩して暮らしている高齢の知人は灯油代を始末するためにふとんの中で一日過ごしているという悲しい話もきかされて、胸が痛んだ。

さて、買いおきであるが、わたしなりによく考えて買いおきしている。

例えば、猫用のキャットフードを買いに行った時、根こそぎ買うことはしないでおこうと思っている。

後から来る人のことを考えて残すようにしている。

お金に余裕があるからといって買い占めすることは人間として恥じなければいけないというのは里の母もよくいっていた。

「みんながさそれ相応に買いおきばしとったらさ、物がなくなったっちいうてん、数か月は平気じゃけん。業者がさ、物不足、物不足とあおってさ、急に物価ばつり上げることは出来んとよ。ちゃんと買いおきばしてさ、慌てず騒がず……。そして、困っとる人がおったら機嫌よく分けてやって物価がつり上がらんごとせんばよ。みんな、賢うならんばよ」

明治生まれで小学校しか出ていない母であったが、母なりの経済の考え方をしっかり持っていた。

わが家には飼い猫が七匹、外猫が五匹ほど食べにやって来るので、キャットフードがびっくりするくらいいる。

通信販売による安売りや、近所のスーパーの安売りの時、大量に買いおきする。

例えばモンプチの乾燥キャットフード（一袋二十五グラム入りが十二袋）は正価は五百四円であるが、安売りの時には二百九十八円となる。一箱につき、二百六円安い。

そんな時には、夫にも協力してもらって、三十箱ほど買いおきする。

細かいことを書くと、二百六円かける三十箱イコール六千百八十円、安く買えたことになる。

更に細かいことを書くと、主婦のパート代が一時間七百五十円とすると約八時間分の賃金となるのである。

母は安売りの物を買った夜、わたしが電話をすると「わずか十五分ほどで千円ほど安く買えるとよ。頭ば働かせて買い物ばすればさ、家におるおなごといえどもちゃんと稼いだことになるとよ。

田舎に住んじょるかあちゃんでもこげんじゃけん、都会に住んじょるあが（あんた）は、もっともっと賢く買い物ばせんばよ」といっていた。

母はお金に余裕が出来ると、さらしを何反も買いおきしていた。

どこかに子どもが生まれるときくと、おしめを二十組ほど縫ってプレゼントしていた。

「さらしはさ、用途が広かとよ。肌着にもなるし、ふんどしにもなるし、布巾にも、おしめにもなるし、何にでも活用できてよかとよ。あがどんも大きゅうなったら、さらしばようけ買《こ》うて家に積み上げとけよ」

といわれたが、今は平成の世。

子どもが生まれるといっても誰も木綿のおしめは贈らない。

何でも既製品で安く買えるので、さらし云々といっても若い人は「?」と思うだろう。

先日、三十歳半ばの女性に、

「さらしってわかる?」

ときいてみたら、

「更科そばは知ってるけど……」

という返事。

さらしの買いおきだけは母の教えに従えないねと姉と笑った。

物も天下の回り物

金は天下の回り物というけれど、わたしは物も天下の回り物と思っている。

本日、二か所より宅急便が届いた。

一か所は岐阜県で農業をしている友人より。

竹の子のゆがいたものと、わらびの生（あく抜き用の灰も同包）、古代米の赤米が入っていた。

もう一か所は大阪の郊外に住む、わたしの弟の妻からで、干ししいたけ、玉ネギ、じゃがいも、うすいえんどう豆がから付きのまま沢山入っていた。

えんどう豆は弟の妻の母が作ったという。

玉ネギ、じゃがいもも知り合いからもらった自家製である。

買い物へ行く時間が省けた上、重たい荷物を持たなくてすんだので、大変ありがたかった。

数日前には長崎より和菓子が三種届き、翌日には静岡の新茶が届いた。

主食にしている玄米は近所の友人が農家からいただいたものを、なくなった頃を見はからって持って来てくれるので大助かり。

わたしは都会に住んでいるのに、五島列島の母がしていたような物のやりとりをして、生活をまかなうのが好きなのである。

わたしは洋服や小物類（バッグやスカーフや靴下やハンカチ、アクセサリーや化粧品等）を、あちこちからいただく。

身体はひとつなので、友人知人に分けることになる。

洋品店や雑貨店が遠い所に住んでいる友人知人はわたしが送る洋服や小物類を大変喜んでくれるので送りがいがある。

わたしは食べ物をいただくのが嬉しいので、お互い「助かるわ、助かるわ」と感謝しあって暮らしている。

わたしは気心が知れた同士なら、大いに物のやりとりをしたらいいと思っている。

一週間ほど前、沢山のノラ猫の世話をしている近所のAさんにキャットフードを差し上げた。

何十匹と世話しているのでわたしとしてはカンパのつもりだったのに、義理堅い人で、塩昆布と風呂敷を五枚も持って来てくれたので、恐縮しつつ受けとった。

風呂敷はAさん宅の押し入れに眠っていたものだという。

その風呂敷の行き先はもう決まっている。

長崎市内に住む八十五歳の清島のおばさんである。

清島のおばさんは戦争中、夫の里である五島へ疎開してきた。

たまたまわが家の裏隣りだったので親しくつき合ったらしく、戦後、長崎へ帰ってからもずっと生家に物を送り続けてくれた。

その上、五人のわたしたちきょうだいにも何かと気を遣ってくれている。わが家の梅干し、ガリ（しょうがの酢づけ）、味噌などおばさんの手作り。おばさん手作りのマーマレードも絶品の味である。

特に万能味噌（おかずみそ）は熱い御飯さえ炊けば、それだけでおかずになるほどのおいしさなので忙しい身のわたしは助かっている。

清島のおばさんは風呂敷を集めるのが趣味だという。

趣味であるけれども独り占めせず、自分の手作りの梅干しやジャムや味噌やらっきょうなどを分ける時、風呂敷に包んで、「風呂敷ごとあげるけん、返さんでもよかよ」という。

だから風呂敷が大・中・小、何枚でも入用なのである。

Aさんにいつかそのことをしゃべっていたので、Aさんが思い出して風呂敷を持って来てくれたのだろう。

Aさん宅の押し入れに眠っていた風呂敷が清島のおばさんを通じてどこかの家へもらわれていくのを想像するのは楽しい。

大阪から長崎へ旅するのである。

わたしの友人で書の得意な人がいて、学校の卒業証書や税務署の賞状の名前などを書いて報酬を得ている。

その友人は近所の商店の人たちにも書を依頼されて書いてあげているが、履物屋さんの場合、現金ではなく男物の下駄、女物の下駄を御礼にくださるのである。

その下駄が宅急便で送られて来て、夫など靴下を履かなくてすむ季節には素足に下駄履きで近所を歩き回っている。

「君は本当によく人から物をもらうなぁ」

と夫は感心しつつわたしを眺めている。

が、わたしもあげ好きである。

食べ物でも沢山手に入ると、誰や彼やに分けて食べさせたい。

おいしいうちに食べさせたいと思い、忙しいといいつつも持って行ってあげずにはおられないのである。

吉田兼好も『徒然草』の中で、よき友として「ものくるる友」をあげているくらいだから、やはり、物のやりとりは人間が生きていく上で大切なことである。

母は人に物をあげる時には「惜しいな、もっと置いときたかね」と思うようなものをあげろと口すっぱくいっていた。

「自分がいらんもんは人もいらんち思えよ」というのだった。

ずいぶん以前に知人宅に寄せてもらっていた時、石鹸のいただき物が多いので、もらって欲しいといわれた。

箱入りの石鹸を十箱ほど運んで来て、その人は匂いをかいだ。

「いやぁ、この匂い、気に入らんわ。これあげるわ。持って帰って」

また次、匂いをかいで、

「これはわたし好みの匂い。これは置いとこう」

結局、自分の気に入らない匂いの石鹸をわたしにあげるというので、わたしは用事を思い出したといって席を立った。

「これ、持って帰って」

と背後から呼びかけられた時、わたしはきっぱりと、「自分がいらないものは他人もいらんのよ」といい置いて急いで表へ走り出た。

その人とはいつしか疎遠になってしまった。

また、別の友人はこんなイヤな思いをしたそうである。

ある人の家へ遊びに行った時、「銀行さんからメロン六個入りが届いたけど、まずいねん。それで、ディスポーザーにかけて捨ててしまったわ」といった。

ところがわたしの友人が帰る時に、「まだメロン残ってるけど、持って帰ってくれへん」といわれたといってカンカンに怒っていた。

「失礼やわ。食べたかったら、果物屋さんでおいしいメロン買って食べるわ」といって。

石鹸の人もメロンの人も本当の気心の知れた友人は出来にくいだろうなぁと思った。

物は天下の回り物と思うなら、世間へ出して恥ずかしくない物を回すべきだと思う。

物ではあるけれども、それぞれの物に心を託して贈っていると思う。

自分とこに沢山あるものを分け、よそで余っているものを分けてもらう。

物を通してのコミュニケーションであるけれども、いつのまにか、心と心が触れ合っているのが、物も天下の回り物だと思う。

　そのためには日頃からよくおしゃべりしたり、手紙のやりとりをして、相手の人の好みなどを知っておいた方が、より効果的な回り物になるのではないかと思う。

　後日談。

　この稿を書いて一週間後の今日、風呂敷を受け取った清島のおばさんより、おばさんの畑で採れた甘夏みかんとその甘夏みかんの皮も入ったマーマレード、おばさんの畑で採れたイチゴから作ったイチゴジャムが沢山届いた。

　これをまた誰に分けようかと考えると心からうきうきしてくる。

ブランド病

かつて、ブランド病の知人がいて、わたしがノラ猫を次々に家に入れて飼い猫にしているのを不思議がった。

その知人はイギリス王室ゆかりのコーギーとかいう足の短い犬を飼っていて、その犬を連れて散歩するのがステータスだと思っていた。

「どうして、シャム猫とかアビシニアンとか、ブランドの猫、飼えへんの？　お金ないわけじゃなし……」

というので腹が立ってきた。

「わたしはね、自分がブランドじゃないからブランドの猫は似合わへんの。それよりも誰も飼ってくれへんような可哀相な猫を飼うの。本当の動物好きは、可哀相なノラ犬やノラ猫を飼うんよ。保健所ゆき手前の猫をね」

といってやった。

ブランド病の知人とブランド病じゃないわたしとは全く価値観が合わないので、今ではすっかり疎遠になってしまった。

一番イヤだったのは、コーギーをペットショップで買って来て、四、五日一緒に暮らしたあと、そのコーギーの体が弱いと思ったらしい。

「この犬、あかんわ。よく吐くんよ。体が弱いわ。別の元気なコーギーと代えことしてもらうわ。折角、大金出したから損やわ。主人も子どももそないいうてるんよ」

と、わたしがたまたま遊びに行った時、苦悩の表情も見せずに平然といったのけた。

「えっ？　今、何いうたん？」

「この犬、弱いから代えことしてもらうっていうたんよ」

「あんた、よう、そんなこと平気でいえるなぁ。あきれたわ。四、五日も一緒におったんよ。もうすっかり情《じょう》が移ってるんちがうの。わたしやったら、たとえ一日、いや半日でも一緒におったら、もう情が移ってしもうて、よう別れんわ。ちょっと、薄情やよ。あんたも家族も。誰かひとりくらい引き留めるもんおらんの？」

「誰も引き留めへんわ。大金出したんやもん。やっぱり、同じお金出すなら、健康な犬の方がいいわ。誰かてそう思うんやないの」

「いや、わたしは思えへん。絶対に思えへん。弱いからこそ、自分が大事にして、可愛がって飼うてやろうと思うわ。ねぇ、考えなおしたらば。ほら、あんたにすり寄ってなついてるやないの。自分が元の店に戻されるのをうすうす感づいてるんやないの。可哀相やわ。お願い。考えなおしてよ」

「いや、そういうわけにはいかんわ。やっぱり代えてもらうわ。損やもん」

といってきかなかった。

「あんたねぇ、生き物を品物を交換するみたいにいわんといて。辛いわ。横できいてて……。人間性疑うわ。わたし、用事思い出したから帰るわ」

とわたしはいいおいて、早々にその家を辞去した。その後、二度とその家には足は向かない。

結局、わたしの反対にもかかわらず、翌日、別の丈夫そうな犬に代えてもらったそうである。

それは本人からではなく、他人づてにきいて、ああ、やっぱりと思った。その後、その犬を繁殖目的で貸し、子どもが生まれると御礼をもらっているという。

推して知るべしで、飼い犬のことから始まり、方々でよからぬ噂をきくことが多くなった。

その一、リサイクルショップを利用してブランドの物を買っているらしいが、それは極秘で、その店で知りあいに会うと、絶対に誰にもいわんといてと哀願するそうである。

ある時、ブランドのスウェードの洋服をクリーニングに出したところ、技術がつたなかったのか、生地は傷み、色も変色してしまったという。

弁償してもらうことになり、新品に近い値段を請求して、お金を受け取ったという。

その二、リサイクルショップで買ったブランドの洋服やバッグや靴を、遠い場所の習い事の仲間に売っているともきく。

もちろん、買った値段よりはるかに高い値段でである。

心が痛まないのかなと思う。

疎遠になる前、

「今井さんは不要の衣類やバッグや靴、どないしてはんの？」

「わたし、知り合いや親類が多いから、みんなにあげるんよ。自分のいらないものはただであげるわ」

「えっ？　少しでもお金もらいはったらいいのに……」

「えっ？　自分のいらない物をもらってくれるだけでありがたいわ。整理がついて……」

「少しはブランドの物もあるでしょう？　それはどうするん？」

「ブランドもブランドじゃないのも一緒。いらなくなったものはあげるわ」

「気がよすぎるわ」

とその人はあきれたようにいった。

何を隠そう。

わたしも少しはブランドの物は持っている。

大金持ちの友だち数人がプレゼントしてくれたのである。

シャネルのコートも、エルメスのスカーフも、クリスチャンディオールのダイアナ妃が大好きで全色買ったというバッグも、セリーヌのスーツも、アルマーニやランバンのブレザーも……と書いてみたら、結構、持っていたので驚いた。

しかし、ほとんど身につけないので、似合う人がいたらあげようかと思っている。

わたしが身につけたら、シャネルはチャネル、エルメスはヘルメス、ランバンはランビンに見えるのではないかと自分自身、懸念しているからである。

というのは、思い出す事件がある。

もう、ずいぶん前になるが、心斎橋のイヴ・サンローランの店に泥棒が入り、洋服がごっそり盗まれたことがあった。

翌日より心斎橋の喫茶店で、サンローランのオーナーと刑事が張り込んで通りを歩く女性を眺めていた。

すると、サンローランの洋服を着た女性が歩いて来た。

すぐに表へ出て、事情をきいたところ、店で買ったのではなく、知り合いから安く買ったとのこと。

つまり盗品を安くゆずってもらい、ブランドの洋服が手に入って嬉しくて心斎橋を歩きたくなったというのである。

なぜ、失礼極まりない職務質問をしたのか?

「全くお似合いではございませんでした」

とオーナーは後に語っている。

わたしはよく冗談で、

「ブランドの似合わへんわたしが、ブランドの物着て歩いたら、警察に呼び止められへんか心配やねん。せやから着《け》ーへんねん」

というと、ブランド病じゃない仲良しの友だちは、

「わたしもやねん」

とすぐに笑いながらあいづちを打ってくれる。

今や、東京、大阪など大都会の一等地はブランド店に占領されたといってもいいほどである。

確かにブランドの物は手がこんでいるし、品質もいい。大切にするから長持ちもする。

安物の洋服を十枚買うなら、ブランドの一枚の方が実は資源の節約になるのかもしれない。

バッグなど、特にそう思う。

一個のブランドのバッグを大切に使うなら十個の安物のバッグを買って牛革などをムダにするより、よほど自然や動物にやさしいかしれないということはわたしにもよくわかっている。

しかし、わたしは普通の手頃な値段のバッグを買って大切に使いたいと思う。

ブランド病の人をよく観察すると、自分に自信がなく、心に充実がないように見うけられる。

第一、顔に生彩が感じられない。

ブランドに頼って自分自身を磨こうとは努力していない。

わたしはよく講演でもいうのであるが、毎日に感謝して暮らし、明日に希望を持って生きているなら、そんなにブランドの物に執着しないのではないかと……。

物に頼って自分をよく見せよう、ましてやブランドのペットを飼って、自分のステータスにしようなんて悲しいことである。

わが家の飼い猫は七匹になり、外猫は五匹～十匹。すべて雑種である。

この猫たちの面倒を心おきなくみてやろうとしたら、やっぱり猫にも小判は必要なので、おのずからブランド病にはかかれない。

おかゆの悲劇

第二次世界大戦中、昭和十九年秋の終わり頃の話である。

日本国中、食糧難で、人々はつてを頼って米や麦や野菜などを求めて、昼夜走り回っていた。一日中走り回っても小さいイモが二、三個手に入っただけという日もあった。

しかし、松本家は、大阪市内であるにもかかわらず、食糧に困るということはなかった。一家の主人が出征する前に、あらゆるつてを頼って食糧を求め、倉の中を満杯にしていた。米、麦、うどん、そうめん、高野豆腐、ワカメ、ひじき、梅干し、らっきょう、味噌、醤油、砂糖、酢、かんづめ類……、どこを探せばこんなに多くの物が手に入ったのかと驚くほど豊富な食糧が詰まっていた。

従って妻と五人の子どもは戦争中で皆が飢えていたのにもかかわらず、飢えの苦しみは全く知らなかった。

母親は子どもたちに、「倉の中に沢山、食べ物があるっていったらあかんよ、みんなが借りに来るさかいに。絶対にいったらあかんよ。わかってるね」と念を押していて、子どもたちは母親のいいつけを守って口外しなかった。一家の主人は四人きょうだいの長男。

数年前に父と母をあいついで病気で亡くし、自分が父の事業も、広大な土地、家屋もあとをついだ。

父は生前、枕許に一家の主人である息子を呼び、

「妹三人のこと頼むぞ。これからはおまえが親代わりとなって、一生面倒をみてやってくれよ。三人とも嫁いだ身ではあるけども、困った時、おまえを頼ってきたら、助けてやってくれ、頼むぞ」と懇願して亡くなった。

主人が必死で食糧を探し回って倉を満杯にしたのは、わが家のみならず、三人の妹一家のことも案じてのことであった。

「おまえも十分わかってるやろうけども、この倉の中のもんは、うちだけのもんやない。妹たちの分も入れてるんや。親父が亡くなる前にいい残したこと、おまえも横におって聞いてたやろう。妹たちが食べ物に困ってうちへ来たら、機嫌よう分けてやってや。困った時はきょうだい助け合っていかんとあかん。頼むで。くれぐれも」

と戦地へ赴く前に、こんこんと妻にいい残していた。

それから数か月後、妹三人がお昼前に連れ立ってやって来た。

三人共もんぺ姿で大きなリュックを背負っていた。

妹三人は上へ上がると畳に手をついて挨拶し、遠慮がちに、

「兄さんがね、困った時は遠慮せんと実家の倉の中から食べ物、出してもらいやといわはったさかいに、分けてもらいに来ましてん」

と顔を見合わせつついった。

兄嫁は困ったと思った。

戦争はいつ終わるかわからない。

主人もいつ帰って来るかわからない。

ひょっとしたら戦死するかもわからない。

そうなれば自分ひとりで五人の子どもたちを育てなければならない。

同じ大阪市内に住む自分の両親やきょうだいのことが頭をよぎった。

血は汚いというが、兄嫁は夫の血を分けたきょうだいより、自分の血縁の方が可愛かった。

「やはり、三軒に食べ物をゆずるわけにはいけへん。自分たちの分がなくなるわ。何とか今日のところは、昼御飯だけ食べさせて帰ってもらおう。もし、今日、分けたら、もっともっとと次々やって来るかもわからへんから。心を鬼にして自分の家族を守ろう」

と考えた。

そこで一番上の女学校一年生の娘を台所へ呼び、

「おかあちゃん、今から、町内の寄り合いがあるさかい出にゃならん。せやさかい、おかゆ炊いておばさんたちに出してあげてんか」

と頼んだ。

「えっ？　うちが……。おかあちゃん、町内の寄り合いに行かんでもええやん。せっかくおばさんたちが来てるんやから、おかあちゃんがかもてあげた方がええやん。せやから、うちがおかあちゃんの代わりに町内会へ出るわ。そしたらおかあちゃん、家におられるわ」

と娘はほほえみながらいった。

すると母は恐い顔になり、

「あんたもわからん娘やな。女学生にもなって……。うちの家のこと、おかあちゃんのこと考えてーな。とにかくな。おかあちゃんは出かけるさかい、あとは頼むで。米一に水十倍やで」

と有無をいわさぬ強い口調でいった。

「うん」

と返事をしたものの、娘は母の真意がわからなかった。

兄嫁は客間へやって来ると、

「うち、どうしても出にゃならん町会の会合があるんやわ。あと、娘に頼んでるさかい、お昼食べてゆっくりして帰ってな」

と一気にいうと、妹三人が何かいおうとしていたのをさえぎって足早に表へ出た。

外出用の袋の中には倉の鍵を入れていた。

娘はお米をとぎ、母にいわれた通り水を十倍くらいのおかゆをしかけた。

その間、叔母たちは四方山話に興じていた。

四十分ほどしておかゆは出来た。

木のふたをとり、釜の両脇を布巾で持って、さぁ、居間の方へ移動しようとしていた時だった。

よちよち歩きの末の弟がやって来た。

弟が姉の足もとにぶつかった時、姉は身体の重心をくずし、持っていた釜が激しく揺れておかゆが弟の全身にかかってしまった。

さぁ、大変！

弟のけたたましい泣き声、娘の悲鳴に三人の叔母たちはその声の方へ駆けつけ、惨状を見てしまった。

弟は病院へ運ばれたが数時間後に亡くなった。

実家へ帰っていて、夕方、帰って来た母親は病院へ駆けつけ、変わりはてたわが子と対面し、号泣した。

たったひとりの男の子で戦地へ行った父親は目に入れても痛くないほど可愛がっていた。

本当にとりかえしのつかないことであった。

さて、この話から何を考えるであろうか。

わたしの母は「嫁さんの方には婿さんが、婿さんの方には嫁さんがようすれば、家の中は波風立たんとよかとたい」といって、自分のゆかりの人たちより、夫の方の関係をとても大切にして暮らしていた。

この妻にはまずこの心がけが必要であった。

自分が嘘をついてまで出かけないで、夫の妹たちに心を尽くした応対をしていれば、こんな悲劇はおそらく起こらなかっただろう。

よしんば娘に任せて外出するとしても、米は沢山あったのだから、せめてかたい御飯であれば、中のものが流れ出ることはなく、釜が当たったとしても軽いやけどですんだにちがいない。

「もし、かたい御飯を出したなら、米に余裕があると思われる。そしたら分けないとあかん、分けたくない」の一心がこの悲劇を生んだといえるだろう。

つまり我欲が、自分の家族さえよかったらいいという考え方が、可愛い盛りのひとり息子を死へ追いやったのである。

戦後、無事に帰還した主人は事の次第を妹たちよりつぶさに聞き、自分の妻の愚かさ、情《じょう》のなさにほとほと嫌気がさした。

子どもたちのために離婚こそしなかったが、生涯、心の通わない形だけの夫婦となってしまった。

長女も母親に対し不信感を持ち、それ以来心を開こうとはしなかった。

長女にすれば自分の不注意で弟を死なせてしまったと思い、一生苦しめられることとなったのだから無理もない。

妹一家は戦争が終わったあと、寄りつかなくなり、主人には別に女性ができて、妹たちはそちらの方へ遊びに行くのだった。

このおかゆの話は十余年前に聞いていたが、あまりにおぞましくて、筆にするのをためらっていた。

しかし、数人の女友だちにしゃべったところ、

「美沙子さん、書くべきやわ。平和な時には思いやりが出来ても、いざ、戦争とか災害とかに巻きこまれると、人間の心は変わって、我利我利亡者になることがあるから、気をつけなさいという

意味で、大事な話やと思うわ。書いといてね」
と口々にいわれたので書いたのである。

見返りを求めずに

専業主婦の人で、料理やお菓子作り、編み物や洋裁、今流行のガーデニング、陶芸などが得意の人がいる。

それが趣味の範囲で、周りの人たちにおすそ分けする程度ならいいが、先日、友人からきいた話から様々のことを考えた。

友人はある習いものをしていて、そのあと、いつも七、八人でランチを食べるのが毎週のことである。

定年後も老体にムチ打って働いている夫のことを思うと、毎週のランチはちょっと贅沢なかと思っていたある日、メンバーの中のひとりが、いつものランチ族のために、おにぎりを沢山握って来てくれた。

近所の公園に行き、遠足気分でおにぎりを楽しい気分でおよばれした。

おかずは卵焼き、ちくわと人参と青ネギをいためて甘辛く味つけたもので太陽の下で風に吹かれながらピクニック気分でおよばれし、それはおいしく感じられた。

これだけの量のおにぎりとおかずを作るには早起きし、両手で下げても重たいのでタクシーで来たという（ワンメーターの距離である）。

「まぁ、何と、仲間思いのやさしい人」と思い、「ありがとう」といいつつ友人はおにぎりを四個も食べた。

どの人も幸福な顔をしておにぎりを食べていた。

その幸福な気分が突然打ち破られた。

おにぎりを作って来た人が、

「ごめんね。せめてお米代、カンパしていただける？」

とみんなを見回して催促した。

「もう、しらけてしまってね。それでも食べてしもうてたから、わたしも五百円硬貨を一枚渡したんやわ。それぞれ三百円から五百円渡してたわ。千円札を気前良く渡している人も何人かいたからカンパは五千円を超えたと思う。五千円あれば安いスーパーならお米二十キロも買えるんよ。あきれてね。ものがいわれへんかったわ。好意でしてくれてると思ってたのに……。実はわたし、おにぎりをおよばれしながら、今度はわたしがちらし寿司を作って持って来てみんなにふるまおうと考えていたんよ。それがね、すっかりしらけてしまって……。美沙子さん、どう思う？」

「そりゃ、しらけるわ。あとからお金のカンパを自分からいい出すなんて、わたしには考えられへんことやわ。それで、その人、どうなったん？」

「その一件で総スカン状態になってね。結局、習いものをやめはってん。しゃーないわね。欲張ったから」

という結末であったという。

以前、似たような話をきいたことがある。

クッキーやパウンドケーキ、スコーンを焼くのが得意の人がいて、焼いてはみんなに配ってとても喜ばれていた。

ところが誰かが「上手に焼けてるから、お金とって売ったらいいねん。売れるわ」と知恵をつけたらしく、それに値段をつけて売ることにしたところ、売れなかったという。

素人が焼いてただでプレゼントしてくれるから、みんながいただいて、それ相応のお返しをしていたのに、自分から売るとなると、みんながよそよそしくなってしまったのである。

結局、欲をだしたばかりに、人間関係がこわれ、今までお返しに果物や野菜などいただいていたのにそれもなくなってしまった。

わたしがこれまで見たり聞いたりした話では、自分の得意なことを現金にかえようとするとうまくいかなくなる例が多い。

おいしいクッキーが焼けたから、あの人にもこの人にも食べさせてあげたいという、見返りを求めない、その気持ちが相手に伝わり相手もお金ではなく、何かの形でお返しをしたくなるのである。

「でもね、いくらこちらがしてあげても、ありがとうばかりで、何のお返しもしない人もいるんよ。そんな人には結局、誰も何もあげなくなるんよ」

いただくのが好きであげるのが嫌いな人はしょせん、人づきあいは無理というものである。

友人は夫の弟の嫁が苦手といって実例を出してこと細かにその理由を説明してくれた。

「お姉さん、遊びに来て、来てと誘うからある日、夫とふたりで遊びに行ったの。そしたら、こちらが行くのはわかっているのに、何の用意もしてへんのよ。それで、近所のスーパー（といってもデパート並に品質の良い物を置いている）へ一緒に買い物に行ったの。自分も買い物かごを持ち、わたしにも買い物かごを持たせてくれて、何やかやと買い物したんよ。すき焼きの材料を買ったの。国産の鹿児島牛よ。両方のかごにあふれるくらい買い物したの。果物や菓子類まで。ところがね、レジのカウンターに買い物かごを置くと、自分は飛びのいたんよ。それで結局、わたしが買い物かご二つ分支払ったの。およばれするだろうからと思ってそれ相応の手みやげを持って行ったのによ。どう思う？」

「それはあかんわ。常識はずれやわ」

「夜、すき焼きをして一緒に食べたけど、おいしないの。味気ないの。夫も夫の弟も『どないしたん？　食が細いけど……。具合でも悪いん？』と心配してきいてくれたんやけど、気分が悪かったんよ。夫も夫の弟もそのことを知らんから、『おいしいよ、おいしいよ。食べたらええねん』といって、自分たちは食欲まんまんで食べてたんやわ。それ以来、足が向かんようになってしもうてね」

「わたしかて、足向かんようになると思うわ」

とわたしは相槌を打って聞いた。

「それだけじゃないんよ。弟の嫁、手先が器用で、アップリケをつけた小さな布のバッグを作っては知り合いに売ってるらしいの。わたしにも『お姉さん、これどうかしら、本当は千五百円欲しいところやけど、八百円でどう？』っていうんよ。スーパーで二万近くも支払ったのに、その上、小袋を八百円ていうの。わたし、『悪いけど、いらんわ。そんなバッグ、友だちが作ってはただでプレゼントしてくれるから』っていったら、夫が『買うてあげたらいいねん。折角やから』っていうて、千円札だしておつりいらんわっていって買ったんよ。腹が立つやら、悔しいやら。『まぁ、お兄さん、ありがとう』って大喜びしてたわ。それで家へ帰ってかくかくしかじかとスーパーでのことを夫にいったら、びっくりするわ。夫はびっくりしてたわ」

「そりゃ、びっくりするわ。手みやげ持って行ったんやったら、その小袋くらい手みやげのお返しであげたらいいのに……」

とまたわたしはいった。

「つき合いきれんのよ。せやから、今ではほとんど往き来なし。わたしは美沙子さんも知っての通りのあげ好きやけど、弟の嫁にだけはお茶ひとつあげたくないの。風の便りに聞くけど、子どもの学校の保護者、近所の人たちに敬遠されてるらしいわ。身内のわたしにさえ、あんなことするんやから、他人さんにはもっともっとえげつないことしてるんやと思うわ」

と友人は顔を曇らせつついった。

自分が趣味で作ったものくらい喜んでもらってくれる人がいたら、ただであげるべきである。お金に換算するべきではないと思う。

明日食べる米にも困っているなら、お金も必要であるが、そこそこ生活していけているなら、もっとおおらかに見返りを求めずに、つきあいたいものだと思う。

生まれ育った五島ではあまりきいたことがないが大阪へやって来てから、物のやりとりをする時にひんぱんにきいたのが「海老で鯛を釣る」という言葉である。

わたしは最初、何のことかわからなくて、会社の年上の女の人にたずねたことがある。

「それはね、自分があげたものより、お返しがいい場合にいうんよ」

と教えてくれた。

今井の家では祖母が時々、この言葉を使っていた。

この稿を書くに当たって、『ことわざ大辞典』(小学館)で調べてみると、

――わずかな負担、労力などで大きな利益、収獲を得ること。また、わずかな贈り物をして多くの返礼を受けること――とあった。

先日もサンドイッチ二箱いただいてお茶二百グラムひとつお返ししたら「海老で鯛釣ったわ」といわれたし、生ぶしをいただいて、やはりお茶を差し上げたら「海老で鯛釣ったわ」と喜ばれた。

わたしは何が海老で何が鯛か考えたことはない。

相手の真心の贈り物に対して、こちらも真心のお返しをしているだけである。

誰でも喜ばれるこのお茶をわたしは常時用意している。

十本単位で奈良県天理市のお茶専門店に注文して送ってもらっている。

「かぶせ茶」で甘くておいしいし、いつまでも色も出る。

「自分がさ、飲んでおいしか、食べておいしかと思うもんば人にもあげんばよ」

といっていた母の教えを今も守っているつもりなのである。

先程、亡き今井の母の東海市在住の姪から白の水引草の鉢植えが届いた。

昨秋の母の命日に赤と白の水引草が届いたが、それは切り花にしてあったので、今度は根から欲しいなと思っていたら、その気持ちが届いたのである。

赤の水引草はわが家にあるので白が欲しかった。

現在は葉だけであるが秋には白の水引草が咲くかと思えば楽しみである。

今井の母の姪はこのかぶせ茶が大好きなので早速送ろうと思った。

ここでわたしはわたしの長兄の自慢をしたいと思う。

この兄は人に何かしてもらうと二倍か三倍返さないと気がすまない性格である。

先程も長崎の清島のおばさんに電話をしたら、「兄ちゃんにさ、物ば贈るとはよかばってん、お返しがことふとか（大層）けん、気ばつかうとよ。何倍にもなって返ってくるとじゃけん」と恐縮していた。

この兄がわたしたちきょうだいの中で一番、父母の気質を受けついでいると思う。

物をお金に換算していくらくらいの物かなどと思うことなどおそらくないだろう。

母がいつもいっていた、人に何かするのに、絶対計算してはいけない、太っ腹になることを、そのまま実行している稀な人である。

以心伝心

以前『夢の知らせ　虫の知らせ』（筑摩書房）という本を書いたことがある。

科学では証明することのできない、人間の予知能力のような実例を紹介した本である。

夢の知らせや虫の知らせほどではないが、その人のことを考えていたちょうどその時、その人から電話がかかるということはしばしばある。

物も同じでどうしても必要で買いに行かなければならないと思っている時、その物が手許に届くことがある。

先日も夫が五十肩なのか左肩と左腕が痛く、「モーラステープ」という湿布薬を友人に頼んでもらって欲しいといい残して、勤めに出た。

しかし、わたしにも都合がある。

その日、風邪気味で熱があり、身体もだるく、どうしても外へ出る気がしない。

そういえば、いつも湿布薬をゆずってくれる気のいい友人は自転車でわが家へ届けてくれることはわかっているものの、電話をかけるのをためらっていた。

その時、玄関のチャイムが鳴り、木藤芳江さんより郵便小包が届いた。

中を開けてびっくり。

何とモーラステープが入っているではないか。

今まで木藤さんよりモーラステープが届いたことは一度もないのに……。

電話して御礼をいうと「先生も何やかやいうても還暦を迎えたでしょう。どこか痛いところが出てくるかもわからへん思うてね。いらん親切かもわからへんけど……」と笑いながら答えた。

「それがね、不思議でたまらんのよ」

と夫からの宿題のことをいうと、

「ほんま、不思議やね」

と木藤さんも驚いていた。

思いついて宅急便を送ると、相手も同じ日に宅急便を送っていて、同じ日に到着してお互いに御礼をいい合うということもよくある。

また、岐阜県の友人によれば、「美沙子先生に宅急便をしなければと思っていると、次から次にいただき物が集まり、送る物に困らないんですよ」という。

それはわたしも同じで、誰かに宅急便をと思っていると、ハンカチや靴下、陶器類、バッグなど、いろいろな物をいただく。

そんな時、物にも心があるのかなと思ってしまう。

以心伝心をわたしの手元の『広辞苑』で引くと、

——思うことが言葉によらず、互いの心から心に伝わること——とあった。

これまでわたしが本を読んで感動した以心伝心を二、三紹介したい。

まずはマザー・テレサの話から。

『マザー・テレサの愛と祈り』（ドン・ボスコ社刊、七十〜七十一頁）。

――わたしたちは、政府の助成金も、教会からの維持費もいただきません。給料ももらいません。まったく、み摂理に頼っています。わたしたちは何千人もの人々の世話をしていますが、「ごめんなさい。何もありません」と言わなければならなかった日は、一日たりともありませんでした。

毎日、九千人のために食事を作っています。ある日、一人のシスターがやって来て、「マザー、何もありません。食べ物が何もないのです」と言いました。わたしは彼女に返す言葉がありませんでした。朝九時頃、パンを山のように積んだ大きなトラックが、玄関の前に止まりました。その日、市中の学校が休みになったので、給食のパンがあまったのです。

わたしたちの建物は、何千斤ものパンでいっぱいになり、二日間おいしいパンを配ることができました。神は、与えられ、用意してくださいます。そのためにわたしたちは、何千人ものハンセン病の人々の世話をすることができるのです――

信仰深いマザー・テレサとシスター方の祈りが以心伝心で神さまに通じたのだとわたしは思う。この話がわたしは大好きで毎日毎日繰り返し読んだのですっかり暗記できているくらいである。

次は明治・大正期の日本の社会事業に大きな業績を残した岡山孤児院の創設者であり、「児童福祉の父」とも呼ばれる石井十次の話である。

『岡山孤児院物語　石井十次の足跡』（山陽新聞社刊、四十六〜四十七頁）。

――イギリスの孤児院経営者、ジョージ・ミューラーの思想に影響された。あえて不安定な状況に身を置き、信仰をよりどころに、神の意志に従おうとしたようである。

神の意志は、例えばこんな形で現れたりする。七月二十四日、いよいよ、米、麦尽きて夕食はおかゆにせざるを得なくなった。

創設以来初めてのことだった。

十次は孤児らに詫び、自らは一切口に入れなかった。三友寺本堂の裏に墓場があった。十次はここを祈祷所としていた。

その夜も孤児二十人ほどを伴って、「祈祷」していた。

終えて引き揚げると有力支援者であるジェイムス・ペティーの妻が、米国からの寄付金三十一円を携えて来ていた。

米十キロが五十銭前後のころである。

大金だった。――

一八八九年、明治二十二年の話である。

計算してみると三十一円で六百二十キロの米が購入できたことになる。

三番目に紹介するのが、『ながさきのコルベ神父』(小崎登明著、聖母の騎士社刊、六十九～七十頁)。

――(八巻先生は)長崎を去って、仙台で二年あまり牧師を務めたが、コルベ神父に出会ってからは、その気力を失ったと彼は言う。

彼は思いきって牧師をやめ、東京へ出た。

定職はなく、そのころが彼のドン底時代であった。昭和八年の夏、妻が病気になった。病気になっても医者にかかる金もなかった。

その折も折、ポーランドに会議のため帰国中のコルベ神父から、一通の書簡が届いた。五十ドルの金が同封されていた。

当時の日本円で百円に相当する金額で、教師の二か月分以上の給料にも当たった。

「あなたにはいま、お金が必要であろうと思いますからこれを送ります。これは私からのものではありません。あなたは長崎で、聖母マリアさまのために働きました。ですから聖母マリアさまが、あなたにこれを送ります。けがれなき聖母に感謝して下さい」

近況は知らせていなかったのに、思いがけない贈り物に八巻先生は手紙を押し頂いて泣いた。これで病院代は一挙に解決したのである。そのときほど、聖福音の「明日を思いわずらうな」のみ言葉を身にしみて感じたことはなかった。――

同じ本の百二十頁も紹介したい。

――「私（ロムアルド修道士）が炊事の加勢をしていたとき、砂糖がなくなったのです。砂糖は赤ザラを一俵（六十キロ）買っていました。砂糖なしで生活するのは、私たち西洋人にとっては大変な犠牲です。でも買うお金はありません。しかし、このようなピンチは一日で終わりました。昼すぎに浦上から一人のお爺さんが見物に来て、コルベ神父にお金を寄附しました。そのお金がちょうど赤ザラが買える値段でした。コルベ神父は『このお金はマリアさまが下さったものです。マリアさまが買うのをお望みです』と言って、ゼノ修道士は買いに行きました。――」

たまたまわたしがカトリック信者なのでキリスト教に関係した話ばかりを紹介したが、他の宗教でもこのような人間と大いなるものとの以心伝心は数多くあるだろうと思う。

実際、わたしが三十年ほど前に、仕事で四国遍路をした時、四国の人とお大師さん（弘法大師）との以心伝心の話を数多くきかされた。

やはり人間は正しく生きて、正しく願えばその願いはきき入れられるのだと思う。

しかし、そこによこしまな金欲や物欲があると、願いは聞き届けられないのではないかと思う。

無心に願う、それが大事だと思う。

ミシンの機械

夫の父が亡くなり、晴れて不用品を捨てることが出来るようになり、わたしは永年の願いがかなえられて、家の中の不用品を捨てることに専念した。

何しろ、夫の父は超倹約家で捨てない買わない主義の人。

家が広いため、知人の引っ越し荷物も預かり、押し入れは昔の不用ふとんでいっぱい。

上下三十組のふとんをゴミに出したと書いたら読者の皆さんは驚くだろうと思う。

わが家には足踏みミシンがあり、息子の幼少の頃にはそれなりに活躍したが、今ではもう使わなくなり場所をとるばかり。

思い切って捨てることにして、大型ゴミの日に家の前に置いた。

置いて一時間ほどしたら、玄関のインタホンが鳴った。

モニターを見ると見知らぬ男の人。

「ここのミシンの機械、もらっていっていいかな」

「いいですよ、どうぞ」

といってわたしは玄関へ出てみた。

アルミの缶をどっさりビニールの袋に入れて自転車のハンドルの所にぶら下げている男性がにこにこして立っていた。

男性はネジ回しを出して、器用に上部の機械だけはずした。

重たそうなので、わたしは家の中へ走って入り、丈夫な紙袋を二重にしてその男性に渡した。

「これに入れた方が持ちやすいと思うわ」

「おおきに。奥さん、わしらみたいなもんにこんなに親切にしてくれて……」

とその男性は礼をいって、自転車に乗ると角を曲がって行った。

わたしたちはまた家の中の不用品を外へ出していた。

しばらくして、先程の男性が更ににこにことしてわたしたちに近づいてきた。

「あの機械、五百円で売れてん。おおきに。助かったわ」

とわざわざ報告しに来たのである。

わたしも夫も息子もその律儀な姿を見て心洗われた上に豊かな気持ちになった。こんな気持ちにしていただいてありがとうとこちらが御礼をいいたいほどであった。

その男性のしゃべり方には九州なまりがあった。

ひょっとしたら、わたしと同じ五島列島出身の人かもしれないと思い、自転車に乗った後ろ姿に、幸あれと祈った。

今朝も、家の前に資源ゴミを出していたら、アルミの缶を集めている男性がやって来た。

ビールの缶はアルミ缶だからすぐにわかるが、猫用のかんづめの缶もアルミ缶があるとかで、わ

たしがドサッと置くと、

「見てもいいかな」

というので、

「どうぞ」

といって横に座って見ていた。

「これや、これがアルミや」

というのでよく見ると、

「焼津のマグロ」、「金缶さささみ」などの缶がアルミのマークとなっている。

これはわが家の猫たちの大好物なので、来週もどっさり出してあげようと思う。

わたしが缶を集めている人と気軽にしゃべっていると、けげんな顔をして通りすぎる人や、数日して、「奥さん、知らない人としゃべって恐くないですか?」ときかれたことがあり、わたしの方がその人をけげんな顔をして見返した。

「どうして?」

わたしは逆にきき返したが、その人は黙って足早に去って行った。

十数年前、ハサミと包丁研ぎのおじさんがやって来たので、わが家の勝手口の前で研いでもらっていた。

その間、わたしはおじさんの横に座ってしゃべっていたところ、その時にも近所の人に、

「包丁を研いでる横でようしゃべるわ。わたしら恐うて傍に寄れんわ。どこの誰かわからん人に

切れ物を渡して研がすやなんて、わたしらようせんわ」

とあきれたようにいわれた。

暗に危機管理が足りないのではないかといいたかったのであろう。

わたしは幼少の頃より、様々な職業の人がわが家で寝泊まりしていたので平気である。

職業や服装などで人間を判断しない。人間は信じるに足る存在なのだと思っている。

逆に、缶を集める人や包丁研ぎの人たちは何とよく働くのだろうと感心して見ている。

大阪の津々浦々まで自転車で早朝から回って集めるのである。

すごい労働量だと思うが、実入りは少ないそうである。

あれだけの缶を集めて、自転車の荷台、ハンドルの左右、振り分け荷物のようにして、その重さに耐えつつ運んでも、わずか千円ほどという。

正規の仕事があれば、かげひなたなく勤勉に働く人たちだろうと思う。

数年前、わたしはこんな光景を見た。

朝、近所の空き地の前を通りかかると、缶を集めている男性ふたりをみかけた。

「なんや、それだけしか集められへんかったんか?」

「そうや。出て来たのが遅かったんや」

「そうか、これ、分けたるわ」

「すまんな」

ふたりは顔見知りなのか、沢山集めていた人が、少ない人に缶を分けていた。

何というやさしい思いやりだろうと思い、わたしは人にもしゃべり、こうして原稿にも書いて、冷たい、自分だけよかったらいいという人間に反省してもらいたいと願っている。

『マザー・テレサの愛と祈り』（ドン・ボスコ社刊）にも似たような話が紹介されている。これはマザー・テレサ関係の別の本にも何度も紹介されているので知っている読者もいると思うが、あえてまた紹介したい。

――わたしは、八人の子どものいるヒンズー教徒の家族のことでちょっと特別な体験をしました。一人の紳士がわたしたちの家に来て、言いました。

「マザー・テレサ、八人も子どものいる家族があるのですが、長い間、何も食べていません。何とかしてやってください」

わたしはお米を持って、すぐにその家へ向かいました。その家の子どもたちを見ると、お腹がすいているために瞳が輝いていました。

あなたは、飢えというものを見たことがあるでしょうか。わたしはこれまでよく見てきました。その一家の母親は、お米を受け取ると、そのうちの半分を取り分け、それを持って出かけました。彼女が帰って来たとき、わたしは尋ねました。

「どこに行ってきたのですか。何をしていたの」彼女はごく単純に答えました。

「うちの隣の人たちも、ずっと何も食べていなかったのです」

わたしの心を打ったのは、彼女が、それを知っていたということです。

隣の人たちは、実はイスラム教徒です。

そして彼女は、彼らも飢えていることを知っていたのです。わたしはその日、お米をそれ以上、持って行くことはしませんでした。

彼らの分かち合う喜びを、尊重したかったのです――

わたしの父母は「貧乏人ほど貧乏人のことがわかる。うちんごちゃる貧乏世帯ば頼らんばいけんくらい困っちょるとなら、助けるのが当たり前のこと。また、いつ、自分たちが誰かに助けられるのかわからんとじゃもん」といって「お互いさま」、「この世はあいみたがい」といって助け合いの精神を発揮していた。

ミシンの機械をはからずも提供したのはわたしたちだけれど、しかし、何倍もの心の豊かさをあの日いただいたことを一度、書いておきたかった。

Ⅱ　ふたりの嫁

スーパーにて

近所の市場がなくなり、スーパーで買い物をするようになった。

市場では店の人もお客さんもほとんど近所の人で顔見知りであったが、スーパーはその反対である。

広い駐車場があるため、遠くの人もチラシを見て来ているらしい。

旅の恥はかき捨てとばかり、恥ずべき行動をしている人が目につくことがある。

まず、薄いポリ袋が帯状に巻いて置いてあり、自由に使えるのであるが、常識的に考えて、魚や、野菜などを買った時、一枚か二枚いただく程度だと思う。

しかし、何メートルもくるくると取り出して持ち帰っている人をよく見かける。

スーパー側はあくまでサービスで置いているのであり、必要以上に持ち帰るべきではないというのがわたしの考えである。

そういう人を見ると顔まであさましく見える。高価なネックレスや高価な指輪をしてポリ袋を大量に持ち帰る人を見ると、心は貧しい人なんやと思ってしまう。

二十五センチかける三十五センチのポリ袋が五十枚入りで百二十三円で買えるのに。お里が知れるという言葉があるが、まさしくそれがぴったりである。

以前、卵の安売りは誰でも買えた。

十個八十九円の白卵だけ買いに来る人を見かけた。

他の物をついでに買わなくて、本当の目玉商品だけのお客さんだったらスーパー側も困るだろうなぁと思って見ていたら、スーパー側も考えたらしく、千円以上お買い上げの人に限り、白卵を十個八十九円にするというふうに変わった。

なるほどと思った。

わたしの行っているスーパーはポイント制である。

百円につき一ポイントついて、五百ポイントで五百円券が発行される。

わが家では二か月足らずで五百円券が六枚もらえているので、一日五千円ほどの買い物をしていることになる。

食料品、日用品（シャンプー、リンス、ティッシュ、トイレットペーパー、歯磨き粉、歯ブラシ、ポリ袋他）、キャットフード、雑誌類、靴下や下着などの衣料品もそこのスーパーで買う。

五百円券は一か月以内に使わないといけないきまりになっているので、わたしはいただくとすぐに使い切ってしまう。

時には数日遅れで使えなくなった人がスーパー側に抗議している姿を見かけるが、スーパー側にすればあくまでサービスなので、その期間をすぎたら使用不可能だとするほかはない。例外をもうけると次から次になしくずしになってしまう恐れがある。

先日はこういう人を見かけた。

図書券で学用品を買わせて欲しいと交渉している。

結局スーパー側が折れて、それを許していた。

横で見ていたが、わずか何百円のノートである。現金で買ったらいいのにと思って見た。

またここのスーパーは夕方から夜にかけて生鮮食料品が半額になることがある。

それを目当てにして買い物に来ている人たちもいるらしい。すでに半額になったものを黙って買ってくれるのはいい。しかし貝柱など高価な品を半額にしてと店員さんに迫っている人を見かけるが、スーパー側ももうけなければいけないのでそれは気の毒というものである。

わたしはスーパーのレジ袋の件で一度失敗したことがある。

レジ袋をいらないというとポイントカードにスタンプを押してくれる。

二十個たまると百円の金券になる。

資源の節約にもなるし、一挙両得だと思い、ある日、知人のMさんにレジ袋をいただかないでスタンプを押してもらうことをすすめた。

するとMさんは、

「わたしね、このレジ袋が必要なんです。田舎の妹夫婦が母を介護してくれてるんですが、紙オムツを入れてゴミに捨てるのに、このレジ袋が一番使いやすいというので、わたしはせっせと買い物してこのレジ袋をためて、妹に送ってるんです。わたしも共働きしてるので介護は妹任せ。せめてレジ袋くらい送らないといけないんです」

と事情を説明した。

「まぁ、ごめんね。お宅の都合も考えんといってしまって……。許してね」

「いいえ、うちの事情、知りはらへんかったから、気にしないでくださいね」

とMさんは優しい笑顔でいった。

父母はよく、「相手の都合ば考えて、ものはいわんばよ」といっていたが、この時ほど、父母の教えを思い出したことはなかった。

それ以来、自分はレジ袋を受けとらないようにしているが、他人に押しつけることはしないでおこうと心に決めている。

先程もスーパーへ行って来たが、混んでいる時、何百何十何円を小銭入れからゆっくり探しつつ出している人を見ると、すいている時、そんなことはしてよと心で思う。

生鮮食料品売り場でトマトをひとつひとつ手にとっては下から見ている人もいる。

これを買おうと決めてから、サッと手にとり、かごに入れて欲しいと思う。

桃の季節に、桃を手にとって見る人も常識がない人と批判的に見てしまう。

三十年ほど前、わが家の近所に八百屋があり、口うるさいおばあさんが店番していて、桃など絶対に触れさせなかった。

誰かがさわろうとしたら、パッとその手を払いのけて、「ぬくもりのある手でさわられたら、いっぺんに桃があかんようになるさかいさわらんといて」と厳しい口調で注意した。

昔はこのようにして、新米の主婦たちを教育してくれる店のおばあさんがいたが、今やスーパーでは野放し状態である。

せめて、桃の季節には「商品にさわらないでください」の注意書きが、いくらスーパーといえども必要ではないかと思っている。

今度こそ、スーパーの意見箱にそのように書いてお願いしようと思っている。

八百屋のおばあさんは「後から来はるお客さんのためにも桃は守らんとあきまへんのや」といっていた。

最近、スーパーで気になり観察しているのが、定年を迎えたあとのような夫婦である。

家で何もすることがないのか、妻がスーパーへ買い物に行くといったら「わしも」といってついて来たような感じである。

つまり「わしも族」をかなりみかけるようになってきた。

妻が先に立って歩き、夫が従者のごとく後を歩いている。

かごを持っているのは妻だったり、夫だったり……。

夫がかごを持っている場合は、完全に荷物持ちとしてついて来ているのである。

妻が夫に相談することもなく、夫の持っているかごにパッパッと品物を入れている。

牛乳などの重たいものを、よそ見をしている夫のかごにポイと投げ入れて、夫がその重さによろめいている時もある。

妻はごめんもすまんもいわない。

夫も謝りもしない妻に慣れているのか文句ひとついわない。

一緒に連れ立って買い物に来ているからといって仲が良いとは限らないのだなとその夫婦の姿を見る度に思う。

妻がかごを持っている場合の対照的な二組を紹介したい。

夫の方が、酒のつまみに欲しいと思ってイカの焼いたものをかごに入れると、妻がめざとく見つけて、

「あかんよ。これ、高いやないの」

というなり元の場所に戻されている。

「ええやないか、これくらい」

と小声で抗議するものの、妻は完全無視。

自分の買いたいものだけかごに入れて、夫が買いたいものがあっても許さない。

それでもふたり揃って帰って行く。

もう一組は、完全に夫のペース。

妻がかごを持っているから妻が自由に買い物が出来るかといえばそうではない。

夫の顔や姿にこまかさがにじみ出ていて、妻が少しでも値段のはるものを買おうとすると、「高いやないか。もっと安いものを探せや」と命令口調でいっている。

夕方の半額コーナーで自分の欲しい食べ物がみつかると、急ににこにこ顔になり、

「これや、これや、博多の明太子が半額や」

と周囲に聞こえるような弾んだ声を出す。

九州生まれ育ちのわたしは（読者には男女差別と叱られそうであるが）、男が食べ物のことでごちゃごちゃとこまかいことをいうのは好きになれない。しかも安いといって声がうわずる男を見ると「ほんまにあんたは男か！」と心の中でつぶやく。

「男はさ、いったん口に入ったものは、たとえ御飯にこんまか石ころが混じっとっても吐き出さんと飲み込むもんたい。それが男というもんぞ」

と明治生まれの母は時には無茶なことも娘に教えたのであった。

母がよくいっていた。

「こんまかことばっかりいうちょったらさ、顔までこんまかいじけた顔になってしまうとよ。それは金持ちとか貧乏とか関係なかと。そん人の物やお金に対する心もちがそのまま出るとよ。じゃけん、ボロは着てても心は錦、貧乏でん、あんまりこんまかことはいうたりしたりせんことたい。これは男でも女でも同じこと」

今井の母にもきいたことがある。

しわんぼう（ケチ）で有名な近所の商店の主人が祇園へ遊びに行くと、襖を開けて入って来た芸者さんがスーッとイヤな顔をするという。

遊び方が汚いからだという。

つまり、お金をはずまないのに、何やかやと注文がうるさいのだという。

その主人は見るからにしわんぼうの顔つきをしていたと京都を出て五十年以上もたつのに時々思い出しては話していた。祇園へ遊びに行ったこともない母が知っていたということはよほどケチで有名だったのだろう。

「なくてもあるような顔をして暮らさんとあかんえー。人に馬鹿にされるさかい」

と今井の母はいっていた。

デパートではなくスーパーの食料品売り場なので、尚更、自分の家の台所の延長のような言動をするのであろう。

半額品のコーナーで弾んだ声を出す夫をイヤにもならず連れそっているその妻をわたしは感心しながら眺めている。

スーパーへ行っても人間観察を怠らずこうして報告しているわたしはノンフィクション作家として何と仕事熱心だろうと自分で自分をほめて女友だちにいったら、

「美沙子さん、自分ばっかりほめてからに。まわりの友だちの努力を軽くみすぎているわ。美沙子さんの本に協力するために、わたしたちが日夜努力してることを。今回もね、お金や物にかかわることでこれまで印象に残っていることは？　と、会う人ごとにきいたんやから。美沙子さんは会う前にいつもなんぞ面白い話のひとつやふたつおみやげに持って来てねと宿題出すんやから。キチンと宿題をしてきた友だちをまずほめるのが先決なんやないの」

とたしなめられた。

わたしは実っていない頭を垂れるほかなかった。

借金

この世で暮らしていて借金してまで買わなければならないものはないと思う。

ローンと言葉はきれいであるが、これも品物を先にいただいているから借金である。

わたしはローンを組んでまで物を手に入れたことはない。

我慢すればすむことである。

以上のようなことを友人知人にもいい、原稿の中でも書いてきた。

父母にも「どげんことがあってん借金はすんなよ」といわれて育った。

そんな借金嫌いのわたしが、これまでに一度だけ大きい借金をしたことがあることを、まず白状してから、この稿を書きすすめたい。

一九九一年一月九日、隣家より火が出て、わが家も一部類焼した。

その折りに、それまで火災保険に入っていなかったので、火災保険に入ることにした。

火災保険に入るには、法務局へ行って家の名義の確認が必要であるため、保険の外交員の人に代わりに行ってもらった。

ところが登記簿の名義が父、今井茂文ではなく別の人になっているという事実が判明した。

つまり、今井家の一部の土地建物の名義が書きかえられていたのである。

今井家には土地建物の売買公正証書が残っていた。

書きかえられたのは自宅に隣接する七十六坪の土地建物である。

相手も公正証書を作成し、すべて今井の父から贈与を受けたことになっていたが、今井の父は寝耳に水で全く知らないという。

相手側の書きかえの当人は亡くなっていたが、その息子に事情を説明し、返還を迫ったら、意外とあっさり、土地建物を返すという。

それでめでたしと思っていたら、相手側が誰かに相談したらしく、急に返還を拒み出し、話し合いでの解決が困難になり、裁判に訴えることになった。

一九九一年当時はバブルがはじけたといってもまだバブルの名残が色濃く残っていて、係争地は一坪四百万円もの値段がついて売買されていた。

裁判するといっても、まず、土地を売られたらいけないので、決着がつくまでは七十六坪の土地をおさえておかなければならないと弁護士よりいわれた。つまり土地の仮処分申請である。

おさえるのに現金が必要であった。

当時のお金で四千二百万円
弁護士への着手金二百万円
印紙代　二十五万円
合計　四千四百二十五万円、即金で用意しないと安心して裁判が出来ないとのこと。

今井の父が五百万円用意できるといった。

わたしたちもすべての貯金を解約したが、あと六百五十万円足りなかった。

それで夫とわたしは近くの銀行へ借りに行ったが、貸してもらえなかった。

当時、今井家の土地建物は父の名義だったので、わたしと夫には担保になるものがなかったのである。

夫とわたしの納税証明書を持って行ったが、夫は美術家、わたしは作家なので、昨年度はかなりの収入があっても、将来にわたってあるという保証がないから貸せないと丁重に断られた。

それでわたしは友人ふたりに相談した。

M子さんは涙を浮かべて、

「なんで、先にいってくれへんかったん。銀行でそんな惨めな思いして……」

といって三百万円貸してくれた。

親友のTちゃんは、

「あんた、動かんとき。暑いし、じっと家で待っとき。わたしが三百五十万円、持って行ってあげるから。気が動転してる時には、事故に遭うたりするかわからへんから、もう動かん方がいいわ。待っときや。すぐ行くから」

といって三百五十万円持って来てくれた。

その時のふたりの会話を左記する。

「Tちゃん、借用証書書くわ」

「えっ？　なんであんたとわたしの間で借用証書がいるん？　書かんでええわ」

「いや、そういうわけにはいかんわ。お金しかも大金を借りるんやから」

「かめへんで、書かんでも……」

とTちゃんは強くいったがわたしはあえて書いた。

実は前記のM子さんに教えられていたからである。

わたしにお金を渡す前にM子さんはいった。

「ところで印鑑持って来てる？」

「いや、持って来てへんわ」

「他人にお金を借りる時印鑑は絶対必要やよ。それ、常識やん。借用証書、書かんとあかんのに……」

それでわたしは家に電話し、息子に印鑑を持って来てもらって借用証書を書いた。

それがTちゃんにお金を借りる前日のことであった。

その時に、世間の常識ということをしっかりM子さんに教えられたのである。

もし、Tちゃんが先だったら、借用証書も書かずに借りたかもしれないと思うと冷や汗ものである。

おかげでその年に理論社より刊行していただいた『わたしの仕事』（大人向け全一冊、子ども向け十巻）がよく売れて、半年も経たないうちにM子さんとTちゃんへ全額支払うことができた。

ふたりの好意で利子はまけてもらった。

裁判は三年ほどかかり、高裁にて和解した。土地と家を相手方と半分ずつ分けた。

といっても相手方は焼けており、わたしと夫の仕事場が残っていたので仕事場の方の土地と建物を返してもらった。

なぜ和解かというと、父は禁治産者でもないし、認知症でもないのに、実印を相手側のいいなりにわたしていたことが不利とみなされたのである。

無理からぬことだと思う。

さて、どうしてこんな事になっていたのだろうか。

今井の父は超倹約家で、米一粒を無駄にしてもうるさい人であった。

水一滴、新聞紙一枚でも無駄にすると口うるさく注意されたものだった。

誰かから封書の郵便が届くと、それをきれいに裏返しにしてまた封筒を作りなおした。

そういう倹約に夢中になっている時、相手に実印を持ち出され、いつのまにか財産の書きかえをされていたのであった。

「ほんまに、封筒を裏返して作り直してなんぼのもんや。土地一坪分でびっくりするくらいの封筒が買えるで。おとうさんて、小さいことばかりに目が行って、大きい所は見てへんかってんな。ほんまにあきれた人間やわ」と実の息子である夫はいった。

倹約ばかりに夢中で、世間的には昼あんどんのような父であったが、この裁判の時には何が何でも土地建物を取り返すという強い意志が感じられて頼もしかった。

相手方は父が信頼していた人たちであったが、裏切られたことで、父はますます強い人間になっていった。

今井の裁判のことを時々、人に話すことがあるが、自分のところもそういうことがあったと、信頼していた人に裏切られたケースが多い。

そして、土地をおさえるのに大金が必要なので、裁判を諦めてしまったケースもある。

わが家の場合は他人さまの協力により、半分ではあるが土地と建物を取り返すことが出来たが、もし、MさんやTちゃんの協力がなかったら、すぐに土地は売られてしまって、転売につぐ転売で、裁判もややこしくなっていたかもしれないと思う。

実際に、土地をおさえる前に（仮処分の前に）相手方が土地を売りに出していて、買いたいといって土地を見に来た人があったくらいだから。

わたしはこの稿でTちゃんとわたしとの会話を再現する時、涙ぐみながら書いた。

Tちゃんとはわたしが大阪へやって来てまもなく知り合ってからの友情だから、もう四十年過ぎた。

わたしはこういう友人を持てたことを幸福に思う。

わたしはもしTちゃんがお金に困ることがあったら、わたしの持てる全部のお金を出してでも助けたいと思っている。

しかし、残念ながらといおうか、幸福ながらといおうか、Tちゃんはお金持ちなので、当分、わたしの出番は、ない。

実家の父母には借金はするなといわれていたが、あの時借金をしなかったら、裁判は起こせなかった。

こうして平穏に仕事場で原稿を書けるのも、思い切って借金をして裁判をしたからだと思っている。

それにしても地獄の沙汰も金しだいとはよくいったものである。

先立つお金がなければ裁判を起こすことすらできないのである。

お金がないために相手が不正をしているとわかりつつも諦めた人の無念さを思う時、この裁判制度をお金のかからないような裁判制度にあらためて欲しいと思う。

お金の続く方が勝ったという話もきいたことがある。

わたしたちの場合、みんなの協力で何とか仕事場を取り戻せたが、お金がないために唇を噛んで諦めなければならない人がこの世にいることを裁判官や弁護士は知ったら、救いの手を差し伸べて欲しいと心から願う。

わたしが借金をしたことを女友だちにしゃべったら、「活きたお金っていうことばがあるけども、美沙子さんのこの借金は活きた借金と思うよ。これはほめ言葉よ」といってくれた。

この原稿を書いている時に、同郷で大阪在住の知人より、せっぱつまった様子で電話があった。

飲食店をしているが、今月資金繰りがうまくいかなくて、にっちもさっちもいかないという。

五十万円なら一時しのぎ、百万円あれば何とか現状を打開できそうというので、初めてのことでもあり、夫と相談して百万円貸してあげることにした。

二十余年前からの付き合いで、奥さんも子どもさんたちもよく知っている。

電話があって二時間後知人はやって来た。印鑑は持ってきていなかった。
人に借金するのに印鑑は必要だと思ったが、以前のわたしのこともあり、黙って百万円貸した。
一応借用証書は手書きで書いてもらった。二年後の八月末までに返済するという約束で、担保も
利子の話もしなかった。
「お金ができたとき、一万円でも二万円でもその都度、払ってね」といって、わたしと夫の銀行
の振り込み先をメモして渡した。
「人が困っとるとば見たとに、見て見ぬふりばするとは罪になるとよ」といっていた父母の言葉
がわたしと夫を動かしたのであった。

便所友だち

トイレへ行きたくもないのに誰かひとり女友だちがトイレへ行きたいというと、ぞろぞろとついていくことを便所友だちと呼ぶ。

主に女子学生に多いが、大人になり、子どもの親になってもそれから抜け出せない人がいるという。

わたしの年下の友人もそのひとりである。

友人の学区にＰＴＡの女ボスとかげで呼ばれている女性がいた。

女ボスには三人の男の子があり、専業主婦。

世話好きで口が達者なので、男の人でさえその人の前に出ると遠慮がちになるという。

上の男の子から数えて、もう七年も小学校のＰＴＡの会長をしている。

大柄な体格で派手な柄の注文服のようなパリッとした格好をしているので、よほど夫の収入がいいのだろうと噂されていた。

ＰＴＡの役員会のあと、喫茶店に入ると、何人分であろうとおかまいなく、さっと自分が注文票をとり、まとめて支払う。

だからといって、あなたはコーヒーを飲んだから何百円ということもない。

それで年下の友人はその人がよほどお金持ちだろうと思い、ちまちまとコーヒー代を支払うことはかえって相手に失礼だと思って、素直にごちそうになろうと決めた。

次は、昼の食事に行った。
七、八人で行ったのに、一人千五百円のランチ代もまとめて支払って、あと、ワリカンでどうのということもない。
「よほどのお金持ちなんやわ。家賃やガレージ代、地代などの不労所得が沢山あるんやわ。大金持ちっているんやわ」

と感心して、「ありがとうございます。ごちそうさま」といって別れた。

それですましていたところ、同じ役員の人がたずねて来て、友人の非礼を責めた。

何のことかと思って耳をすますと、

「あなたね、会長さんに御礼してないんやてね。あのね、会長さん、喫茶店でもレストランでもまとめて払ってるでしょ。あと、御礼をせんとあかんのよ。喫茶店の時には千円以上の御礼、食事の時には最低二千円以上の御礼をするのが当たり前になってて、誰も欠かせへんのよ。あなただけ、おごってもらって平気な顔をしてるんで、会長さんが、礼儀知らず、無神経って怒ってるらしいわ」

と教えてくれた。

「えっ？　そんなん知らんかったわ。大金持ちって思いこんでたから。ちまちまとワリカンにしようっていったら失礼やと思うて……」

と弁解した。

「ところで何を持っていったらいいの」

「まぁ、デパートか近所のスーパーの商品券なら、物が重ならんからいいんやないの」

というわけで、年下の友人はこれまで喫茶店二回、食事一回なので、それでも奮発して五千円の商品券を女ボスの所へ届けた。

女ボスは「そんな、気い遣わんでもええのに……」といいつつ上機嫌で受け取った。

女ボスの自宅を初めてたずねて驚いた。

長屋の中にあったのである。

豪邸を想像していただけに気が抜けてしまった。

「ところで美沙子さん、ちょっと相談にのって……」

とある日、電話がかかってきて、以上のようなことをかいつまんで年下の友人はしゃべったあと、

「今後どうしたらいいかしら。今、まだ五月やし、来年の三月まで役員を務めるとしたらまだ十か月ほどあるし……、今後が思いやられるわ」

と嘆息まじりにいった。

「そんなん、みんなで相談してワリカンにしたらいいやないの。そしたら、一番楽やよ。わたしやったらワリカンにしようっていうわ。みんな賛成してくれるわ」

「わかった。そうみんなにいってみる」

と力強くいったものの、次、電話がかかってくると、同じ愚痴をもらす。

「わたしがね、ワリカンにしたいといい出した時、会長さん、えらい怒り出しはったん。『今までずっとわたしが代表で支払って来たんよ、今さらやめられへんわ』っていってね。その怒り方があまりにも激しかったんで、みんな口をつぐんでしまって……。蛇ににらまれたかえるのようになってしまって……」

「そしたらね、役員会の帰りに喫茶店に寄ろうと誘われても、用事があるっていって、自分だけ抜ければいいやないの。そしたら、あとの御礼のことで心惑わされることないやないの。今度、勇気を持って断ってごらんよ。気持ちがきっと楽になるから。そしたら、他の人もひとりまたひとりと真似をして、悪しき慣習を打ち破れると思うけど……。頑張って！　強い気持ちになって断ってごらん」

とわたしはアドバイスした。

ところがこのアドバイスも功を奏さなかった。

自分ひとりだけ抜ける勇気がどうしても湧いて来なくて、次の役員会のあともずるずるとついて行ったという。

「子どもにはしっかりするようにいってるのに親のわたしがしっかりせぇへんから、自分で自分がイヤになってるんよ。いつまでも便所友だちから抜け出せない自分に腹が立つんやわ。もっとしっかりした性格やと思ってたんやけどあかんわ」

とまた愚痴をいう。

「来年になったら、絶対に役員をやめるわ。どんな事があっても……」

と年下の友人はいった。

そこの小学校の役員の子どもの多くは中学受験をするという。

なぜなら、子どもというより保護者が中学校へ行ってまで女ボスと一緒だというのは精神的に苦痛だというのである。

ところで女ボスの家庭はどうだろうか。

夫は中小企業のサラリーマンで薄給とのこと。背丈は女ボスくらいでやせていて前かがみでせっかちに歩く人だという。

女ボスの注文服はかつてのＰＴＡの役員のメンバーの中に洋裁の上手な人がいて、ひとつの型紙でずっと無料で縫ってくれているとのこと。

生地もやはりかつてのＰＴＡの役員のメンバーに外国の生地ばかりを扱っている生地屋さんがいて派手な売れ残りの生地を無料でくれるそうである。

女ボスは専業主婦ではあるが、ＰＴＡの役員をすることで、スーパーのパートに出ているくらいの副収入は得ているとのもっぱらの噂だという。

さて年下の友人であるが、来年は絶対やめるといっていた役員をやめられず、その翌年も続けた。

その間、ずっとわたしは実りのない愚痴を聞かされ、往生した。

数年前、女ボスの一番下の子どもの小学校の卒業式があり、「やれやれ、やっと解放されたわ」

とのびのびとした声で電話があった。

年下の友人の子どもは希望した私学へ入り、中学校で女ボスと一緒になることは免れた。

その後、絶対に役員は引き受けず、ＰＴＡのあと気の合った保護者と喫茶店へ入ってもレストランへ入っても、必ずワリカンにするそうである。

「ただより恐いものはないっていうけど、その経験、した者やないとわからへんわ」

と年下の友人は笑いながらいう。

噂によれば女ボスは中学校、高校とＰＴＡの会長をつとめ、小学校時代の慣習をそのまま続けていて、会長の家には御礼を持参する女性たちが今もひっきりなしに出入りしているそうな。

新聞購読

夫の父は超のつく倹約家で捨てない買わない主義を徹底的に貫いて生きた人であった。十円、二十円も無駄にはしない人であった。

そんな父が新聞代については「一か月、雨の日も風の日も雪の日も暑い日も、毎朝、毎夕、欠かさず家まで配達してくれて、三千九百二十五円は安いもんや」と太っ腹なことをいっていた。

実は父は鼻をかむのにティッシュは使わず、新聞紙を切ったものをよくもんで使っていたからティッシュの代用でもあった。

それに新聞にはさまれてくるチラシを見て買い物をするのが好きだったから、安い物を買う情報源として必要でもあったのだろう。

わたしも新聞代は安いという考えである。

わたしの場合、飼い猫七匹の大小便に新聞紙を使っている。

二紙とっているがとても足りなくて、友人知人にお願いし、古新聞とチラシを持って来てもらって助かっている。

おかげでわが家の購読の新聞を含めて、六紙ほどの新聞に遅れてではあるが目を通せるのでありがたいと思っている。

わが家の飼い猫七匹は外へは出さず家の中で飼っている。

大小便は砂ではなく、新聞を細かく切ったものを砂代わりに用を足すので、七匹の猫のために毎日、ハサミで新聞切りをするのがわたしの仕事である。砂を買うとなるとかなりの出費になると思う。

それで親しい友人宅へ遊びに行く時には、大きい紙袋に新聞紙三日分くらいと切りやすい愛用のハサミを持って出かける。

おしゃべりしながらわたしの手は動かすのである。友人も面白がって手伝ってくれる。

帰る時、友人は笑いながら、

「美沙子さん、帰りに交通事故に遭わんとってよ。もし、こけて、中の新聞紙が道に散ったら、みんながびっくりするよ。この細かく切った新聞紙は何やろうか？　謎やなって……」

わたしの背中に向かっていう。

「ほんまやね。気をつけて帰るわ」

とわたしも笑いながら答える。

十余年前、隣家から火が出て、わが家も壁を焼くなど類焼したことがあった。

その折りに、友人知人から連絡があった。

「今、何が欲しい？　一番必要な物持って来るから」

「部屋の中、水浸しで大変やねん、片づけせんとあかんし……。今、一番欲しいもんは、猫のふんし用の新聞紙やねん。二センチかける三センチくらいの細かく切った新聞紙やねん」

「えっ？　冗談やないの？」

「冗談やないわ。ほんまのほんま。うち、金持ちやからお金はいらんねん」

というと、集まるわ、集まるわ。

細かく切った新聞紙が集まり、それから半年間ほど、新聞を切らずにすんだ。

今でも菓子折いただくより、切った新聞紙の方が助かると思っている。

古新聞紙とチラシが沢山集まると、わたしは豊かな気持ちになる。

その代わり、残り少なくなるとハラハラして、通りがかりの廃品回収の車を呼び止めて「おじさん、五百円分くらい、古新聞分けてください」といいたいほど。

しかし、それは夫と息子に止められているので、包装紙や書き損じの原稿用紙やらを代用してしのいでいる。

さて、わたしの知人で新聞の集金をしている人がいる。

その人の話を聞くと、本当かしらと首をかしげたくなる人がいる。

新聞代を支払うのに、ビール券を持って来たか、商品券を持って来たか、洗剤を持って来たか、映画の券は？　コンサートの券は？　とサービスを強要する人がかなりの数いるとのことである。

それでそういう人の所へは毎月何かしら持って集金に行くとのこと。

ま、それらの人は支払ってはくれるが、新聞代を「お宅、サービスやていったやないの」といって絶対に支払わない人もいるという。

三回、四回行かないと支払わない人。

支払うのが惜しいかのようにお金をなげるように渡す人。

立派な門構えの家に住んでいるのに、言動が下品な人。

長屋に住んでいても、おおらかにやさしく支払う人。

「集金に行ってみると、そこの家の人のことがよくわかりますよ。きれいに化粧してきれいな身なりをしてても、言葉の汚い人、態度の悪い人がいますよ。やはり、機嫌良く、すぐに支払ってくれる人は神さまに見えますよ」という。

お店をしていて愛想がよくて、わたしもいい人だなと思っていたその店のオーナーが「サービスしてよ」といって新聞代を支払わなかったことをきくと、オーナーの人柄を疑ってしまう。そして、いつしかその店から足が遠のいた。

わたしは実家の父母に、

「集金の人が来たら、御飯ば食べよっても食べやめて、すぐに支払わんばよ。品物ば先にもろうちょっとじゃけんね」

といわれて育ったので、支払いはすぐに愛想良くを心がけている。

今井の両親も支払いがきれいであった。

わたしの知人で三か月毎に新聞をかえて購読し、年中洗剤を買わないと自慢している人がいたが、何をかいわんやである。

「美沙子さん、何新聞とってるん?」

「○○新聞と××新聞よ」

「えっ？　そこ、サービス悪いんちがうの。ゴミ袋三枚入りしかくれへんのちがうの。△△新聞はサービスいいよ。△△新聞にかえたらいいねん」

と新聞の中味より、サービスで新聞をとっている人がいるので、信じられない気持ちになる。

自分の生き方と新聞の主張が合わないとわたしなど購読する気がしない。

あくまで内容を重視している。

サービスを主に新聞を決めている人の夫はかげで嘆いていた。

「△△新聞の考えはぼくには合わんのやけど、うちのんがサービスいいから△△新聞やないとあかんいうて、ぼくのいうこと聞いてくれまへんのや」

「そんなんおかしいわ。自分の読みたい新聞を読むと奥さんにはっきりいうたらいいんやわ」

「それが出来まへんのや。それいうたら怒るんで……。せやから辛抱してますんや。まぁ、△△新聞とってサービスがええって気いよくしてますさかいに、家庭の平和のために目つぶりますわ」

という情けない返事なので、もうわたしもそれ以上何もいわなかった。

家では妻のいいなりにしておいて、駅で自分の読みたい新聞を買って読んでいる夫もいる。

もし持ち帰ったら妻がもったいないといってうるさいので、読み終わったら駅のゴミ箱へ捨ててしまうという。

「あれ、あんた、折角、新聞とってんのにちっとも目通せへんな。テレビだけではあかんよ。やっぱり新聞も読まんと」

と妻はいうそうであるが、夫にすれば自分の好みの新聞を朝刊、夕刊共に読んでいるので家で読む必要はないのである。

しかし、それは口にできない。

ご馳走さま

食後「ごちそうさまでした」と両手を合わせて感謝するが、どういう意味だろうかと思って、馳走という言葉を『広辞苑』で引いてみた。

①かけ走ること。奔走。
②あれこれ走り回って世話をすること。
③（その用意に奔走する意から）ふるまい、もてなし、饗応。
④立派な料理。おいしい食物→ごちそう

深くも考えずに三度三度御飯を食べるが、よく考えると、ひとつひとつの食物が出来るのに実に多くの人の働きがあることに気がつく。

米は八十八と書くように、一粒の米が出来るのに、八十八人の人の手を必要としているから、米一粒も大切にしなければいけないと教えられた日本人は多いだろう。

米を一粒でも無駄にすると叱られるので、弁当箱のふたについている米粒も一粒一粒残さず食べたものである。

米にはじまり、魚、肉、野菜、どれも、人の働きの結晶である。

その上に、わたしたち主婦の馳走がある。

わたしはほとんど毎日、買い物に出かけるが、その荷物の重たいこと。

牛乳やジュース、大根を一緒に買った時の重さは手が折れそうなくらい重たい。

一日平均五キロ荷物を運んだとして、一か月で百五十キロ、一年で千八百キロ……と計算すると、肩が凝るのも無理はないと思ってしまう。

家族のためにひたすら運んでいるのである。

「ご馳走さま」には、料理そのものに対する思いもあるが、料理が出来るまでに、買い物へ行っている、つまり馳走している人へのねぎらいも欲しいものだと思う。

韓流ドラマ

病気の友人宅へ遊びに行き、寝室へ入って驚いた。

壁にヨンさまのポスターが貼ってあり、ベッドの脇にはヨンさまの笑顔の写真が額に入れて飾られていた。

「この人の顔を見るとほっとするねん」

と友人はいった。

先日もひとり暮らしの老人の多い地域のドキュメンタリーを見ていたら、自分の部屋に大きなヨンさまのポスターを貼って心の和みにしているおばあさんが紹介されていた。

わたしの周りの友人知人もやはりヨンさまのファンは多い。

「今の日本のタレントさんや俳優さんで、あんなあたたかい顔をした人、いてへんもん。美沙子さん、誰がいてる？」

といわれ、考えてみたが、思いつかなかった。

「ヨンさまってね、どこかで地震やら天変地異があって被害を受けたことを知ると、大金を寄附してはるんよ。日本にも寄附してはるんよ。やさしいんよ」

と寄附をすることもファンには知られていて、それもますますの応援の対象になっているらしい。杉さまと呼ばれる杉良太郎も恵まれない人たちにかなりの大金を寄附しているらしいが、それもおばさん達に人気がある要因かもしれない。

さてさて、これからわたしの知人の話を紹介したい。

韓流ドラマに凝ってDVDを借りては、ハンカチ片手に見るのが日課であった。

韓流ドラマは善人と悪人、金持ちと貧乏人、幸福な人と不幸な人がこれでもかこれでもかと図式的に描かれ、わかりやすいという。

（わたしは見たことがないので、見た人たちの話を総合したのである）

知人は二階でハンカチを目に当てつつ見ていた。

その時、階下から夫の声がした。

「ぼく、今から出かけるから、玄関の鍵かけといてや。頼むで」

「はぁーい。かけます」

としばし現実に呼び戻されたが、それも一瞬の間だけ。

また韓流ドラマに浸り、夫の留守とて誰に気がねすることもなく、声を立てて泣いた。

「これが泣かずにいられるかと思うくらい悲しい物語やってん。先生（わたしのこと）も、このドラマ見たら、わたし以上に泣きはると思うわ。おすすめやわ」

というほど没頭して見ていた。

その時、階下では何が起こっていたか。

泥棒が入り、財布の入ったバッグや携帯電話など盗られてしまった。

涙がおさまってから階下へ降り、それに気がつき110番した。

幸いなことに貯金通帳などは無事で、現金も大金ではなかった。

知人は盗られたのにもかかわらず、

「わたし、韓流ドラマに救われたんやわ。もし、階下へ降りて行った時、鉢合わせしていたら傷つけられてたかもしれんから。泥棒が階下へいる間、わたしを二階に釘づけにしてくれたんやから」

と韓流ドラマに感謝しきり。

「でも、ドラマ見てへんかったら、すぐに降りて行って鍵をかけたわけやから、それやったら泥棒も入らんかったんちがうの」

とわたしは無粋なことをいってしまった。

知人は「……」であった。

知人は泥棒に入られたことは夫に内緒にして、今も、毎日、ハンカチ片手に韓流ドラマに夢中である。

婚約解消

考えられないような婚約解消の原因をきいた。

見合いで婚約が整い、本人たちと両家の両親が集まり、高級料理店で会食をした。

和気藹々とした雰囲気であったのに、お金の支払いがもとで、冷たい空気が流れた。

料理代を花婿になる予定の人が支払ったのがいけなかったのである。

花嫁になる予定の人の両親が「今からこれでは、先が思いやられる」と思った。

つまり、料理代は喜びごととして、男性の両親が支払って当然であるのに、息子に支払わせたことが気に入らなかったのである。

女性の両親は、男性の両親のことをお金にこまかい人たちにちがいないと推察した。

娘の将来が経済的に心配になってきた。

何か家で行事がある度に親が支払わずに、息子夫婦に支払わせるにちがいないと娘の親は早とちりしたのである。

「美沙子さん、この話きいて、どない思う?」

「どないもこないもないわ。ところでその息子さんと娘さん、いくつなん?」

「男の人が三十五歳、女の人が三十一歳ときいてるけど……」

「えっ？ もう立派な大人やん。そんな大人同士が結婚を決めて、両方の親を呼んで、つまり御足労をかけたと思って息子が支払ったんやわ。それでええやないの。どこに文句つけることあるん？」

「そうでしょう。常識のある人やったらそう思うよね。ところが最近の娘さんの親、こないに思う人が結構いるらしいよ。わたしらの時代には考えられんことやけど……。それでね、婚約解消したんやて……」

「まぁ、あほらしい話やわ。その娘さんも親のいいなりやねんね」

「そうらしいわ」

別の婚約解消も娘の親の過干渉と欲張りが原因である。

わたしは娘がいないからわからないが、娘を持つ親としては、娘が一生経済的に安泰な所へ嫁いで欲しいとの願いが強いそうである。

恋愛で婚約したため、相手方の学歴、財産など娘がきいてくれたことを信じるほかないのに、ほんとうかどうか気になり、母親が娘同伴で、卒業した大学と法務局へ調べに行ったのである。

大学の方は確かに卒業していて安心したものの、財産の方は自分たちの土地台帳の見誤りで、勝手に嘘と決めつけた。

娘もいわなければいいものを相手に「おかあさんと法務局へ行ったけど、あんたとこの名義じゃなかったわ。だまされたわ」などと口走ったのである。

それをまた相手方の母親の知るところとなり、すぐに相手方から婚約解消を伝えてきた。

まず、信じてもらえなかったこと、それと法務局まで行って調べたあげく、自分たちの見間違いで相手方の財産がないといったことなど、相手方がプライドを深く傷つけられたことが原因であった。

それで娘と母親は再び、法務局へ行ったところ、確かに広大な土地、屋敷があることがわかった。

しかし、後の祭り。

いくらあやまっても、マザコンの男性は首を縦に振らなかった。

わたしでも息子の相手方がそんなことをしたらやめなさいのひとことくらいはいうだろう。

わたしの友人知人で娘さんを持つ母親でも、

「いくら何でもやりすぎやわ。母親が疑ったとしても、娘さんが、彼は絶対に嘘をいう人やないとかばうのが当たり前やないの。それやのに、母親と二人三脚で大学やら法務局やら調べに行くやなんて下品すぎるわ。うちの娘にそのことをしゃべったら、あきれてたわ。その人と結婚するのであって、学歴や財産と結婚するんやないのにといってたわ」

といって考えられない愚かな行為だといっていた。

戦前では、軍人、将校クラスが結婚するとなると、妻になる人の実家の経済状態を調べたと聞いたことがある。

いつ、未亡人になるかわからない。

そんな時、子どもを連れて実家へ帰った場合、娘と孫の面倒をみる余裕があるかどうかを調べたらしい。

いつの時代も先立つものはお金かとわびしくなる。

戦後自由恋愛から手鍋下げてものカップルが誕生していたが、世の中全体が保守化に向かいつつある今、結婚までもが保守化しているのは残念である。

家と家との結婚ではなく、本人同士の結婚であるから、親はしゃしゃり出ない方が賢明だと思うのであるが……。

稼ぎに追いつく貧乏あり

「稼ぎに追いつく貧乏なし、とにかく人間は勤勉に働くこと。勤勉に働けばさ、寝る所にも困らんし、食べるのにも困らんとよ。大きゅうなったらぎばって働かんばよ」

といわれてわたしたちの世代は明治、大正生まれの親に育てられた。

しかし、この諺も一部の人にとっては死語化しているのではないだろうか。

「ワーキングプア」

何と恐ろしい言葉だろうか。

働いているのに貧しい。

生活保護を受けている人の方が収入が多いということから、生活保護費の切り下げが検討され、高齢者加算、母子加算の打ち切りがいわれている。

そうではなく、生活保護の基準はそのままで、働いている人の時給を上げるのが先決ではないかと思う。

わたしの知人で現在五十歳の女性は男の子が三人いるのに、夫に家を出られ（蒸発され）、四か所の職場で働いて、母子四人の生活を支えている。

晩婚だったので、上が中学生、下ふたりが小学生である。

生活保護だけは絶対に受けたくないといって頑張っている。

早朝六時よりは近くのスーパーのパン屋で働き、それが終わるといったん家へ帰り、昼食のあと、マンションの掃除、商業ビルの掃除、夜はパチンコ店の掃除とフル回転。

移動時間には手当が出ないので、身を粉にして休みなく働いても月二十万円に満たない。

家賃、水道光熱費、子どもの学校の給食代などを引くと、おかず代は一日八百円しかとれないという。

親子四人、しかも食べ盛りの男の子三人、何を食べているのだろうかと気にかかる。

家にいる時間が長いのなら、おかずの工夫も出来るだろうが、昼、夕方と家に帰っても疲れている上、仮眠してからパチンコ店の掃除に行かなければならないので、スーパーで売っているできあいのおかずや四十パーセント引きの冷凍食品を主に利用していて、子どもたちに手作りの物を作ってやる余裕がない。

しかもその上、幼い時から貧しい家庭に育っているので、食べるのに精一杯で、母親から料理など生活の文化を何も習わずに成長したという。

母親から少しでも簡単料理でも習っていたなら、よかったのにと思う。

針を持つことも苦手である。

ただ、自分の身体を使って働くだけなのである。

毎月カツカツなので、スーパーで日用品の安売りがあっても買いおきをすることも出来ない。

貧しい人はあくまで貧しいままなのである。

「でも、三度三度、白い御飯が食べられて子どもの頃からすれば幸福です」と今の自分の境遇を恨む言葉はきかれない。

「幸い身体が丈夫なのでありがたいです。そのうち、あと十年頑張れば、子どもたちも全員、高校を卒業しますから楽になると思います。今、五十歳、六十歳までは子どもたちのために働いて、六十以降は自分の老後のために働きます」と明るい笑顔でいうので、きいているわたしも少しは心が救われる。

「世の中にはもっともっと不幸な人がいっぱいいます。こないだアフリカの子どもたちを紹介しているテレビを偶然見ましたが、可哀相でたまりませんでした。餓死している子どもがいっぱいいるんですよ。それに比べれば、わたしも子どもたちも腹いっぱい食べていますから、恵まれています」

アフリカや東南アジアの貧しい国の人たちのことを思うと、確かに恵まれているかしらないけれど、人間はパンだけでは生きられない。パンだけで満足したらいけないのである。

もっとゆったりする時間も大切である。

時間給が千円以上になれば、ワーキングプアも減るのではないだろうか。

ひと昔前の経済人は日本のこと、日本人のことを広く深く考えていたという。

今、日本をリードしているといわれている経済人は自分のこと、自分の会社以外のことにもっと目を向けて欲しいと願う。会社本体は黒字でもその末端で契約社員で働く人に、その恩恵は行っていないのが実情である。

ある経済評論家がテレビでいっていた。

「今の経済人、器が小さくなりました」と。

ネットカフェ難民なる言葉もよくきかれる。

若者が働いているにもかかわらず、アパートを借りるお金もなく、ネットカフェで夜を過ごしているという。

人間として生まれたのに、手足を伸ばして眠れないのである。

あの狭い空間で椅子に座って仮眠するのである。人間の暮らしとはいえないだろう。

この現実を、政治家や経済人はどう見ているのであろうか。

そして若者にもいいたい。

もっと怒らなければいけないのだ。

政治を変えようと思わなければいけないのだ。

想像力の乏しい、現実の厳しさのわからない政治家にこの国を任せてはいけないのだ。

稼ぎに追いつく貧乏ありではいけないのだ。

話はガラリと変わって、二十年ほど前にわたしがきいた、時給の決め方について記したい。

わたしの友人Cさんの夫が病気になり、彼女が生計を支えなければならなくなった。

もちろん蓄えは少しはあっただろうが、子どもが三人あり、学費においておきたいという気持ちが強かった。

ちょうどその頃、わたしはある人からお手伝いさんを頼まれていた。

時間給六百五十円ということで当時としてはよかった。

Cさんはすでに食堂のお運びさんの仕事をみつけ働いていた。

時間給は五百八十円であった。

それでCさんに時給六百五十円の話をすると乗り気になった。七十円高いのである。

それでCさんはすぐに面接に行き、即、採用となった旨、報告があったが、声は弾んでいなかった。

そのはずである。

時間給が六百五十円ではなく、五百八十円になってしまったという。

Cさんとある人の会話を再現する。

ある人「ところで今働いているところは時間給いくらいただいていますか?」

Cさん「はい、五百八十円です」

ある人「じゃ、わかりました。時間給五百八十円ということでよろしく」

Cさん「……」

その会話をきいた時、わたしはムカッとした。

わたしには六百五十円と向こうからいったではないか。Cさんが正直に答えたばかりに正直者は馬鹿をみるになってしまったのである。

「わたし、六百五十円にしてくれと、今から電話していうわ。わたしが紹介してるのにCさんに悪いわ。卑怯やわ。汚いわ。先にCさんに時間給をいわせて、安い方にするやなんて。もしも、時間給、七百五十円っていったら、きっと六百五十円にしたと思うわ。そんな人やと思わんと紹介してごめんね。許されへんわ。ちょっと待ってて。わたし、電話して交渉するわ」

「やめてちょうだい。わたし、行くと返事したから。そのうちわたしの働きぶり見てもらったら六百五十円にしてくれるかもわかれへんから。今井さんが向こうへ電話したら仲悪くなるかもわかれへんから。もういいわ」

とCさんが止めるのでわたしは電話しなかったが、不愉快でたまらなかった。

ある人の夫は当時は世に知られた金持ちであった。

庭のある立派なお屋敷に住んでいた。

時間給が七十円増えたところでビクともしない家である。

それなのに値切った。

相手は夫が病気で、彼女の肩に一家の生計がかかっているというのに……。

わたしはある人の人間性を疑った。

二度とつき合おうとは思わなかった。

ある人からCさんが紹介の御礼といって携帯用の傘入れを預かって来てわたしに渡した。

二回使っただけで破れてしまったので捨てた。

Cさんは愚痴をいいつつも結構な期間勤めた。

その間、給料をなかなか支払ってもらえなかったり……。

といろいろなことがあった。

結局、ある人の夫の会社は倒産し、不動産全部、人手に渡った。

さもありなんとわたしは思った。

Cさんが数か月給料を支払ってもらっていないとわたしに相談の電話があったあと、ある人をデパートで見かけた。

最高の格好をしていた。

家へ帰ってわたしは怒りまくった。

「自分の持ちもの全部売ってでも、お手伝いさんの給料は支払わんとあかん。人の労働に対してはどんなことがあろうと待ったなしで支払わんとあかん」といって。

現在、別の人からきかされるある人は謙虚で情《じょう》のあるいい人だそうな。

すべてを失い、人柄が変わったらしい。

それをきいて、人間はいくつになっても成長するのだなぁと嬉しく思った。

大金持ちの時には見えなかったものが、少しずつ見えるようになった。

それをわたしは喜びたいと思う。

時給は会社だけの問題ではなく、個人の家でも、自分の家の経済が許す限り、高い時給を差し上げて欲しい。

銭金の問題じゃないといいながら、やはりその人の心もちは銭金に表れるものである。

わたしも時々、家の手伝いをはじめ、種々の仕事を頼むが、そんな時は世間の相場より必ず上乗せして支払うようにしている。

嫌われ女

夫が超一流大学を出たことだけが誇りの女性、景子がいた。五十代で子どもはいない。団地に住んでいて、いつかは団地から出て一戸建ての家に住むのが夢でそのために他人からドケチといわれるほどの倹約生活をしていた。

そこの団地では洗濯物を屋上に干すのであったが、景子宅の下着は今どきこんなものをと思うくらい着古してつくろったものであった。

「ご主人がいい大学を出てると自慢してもこんな下着を身につけさせてるとわかると失笑もんやわ。もし事故に遭ったら恥かくわ」

と周りの人はかげで笑っていた。

景子はそんなことはつゆ知らず、また失笑されることをするのであった。

例えば、小指の先ほどの腐りかけのタラコを上等なお皿に葉っぱを敷き、その上に乗せて、うやうやしく他家へ持って来た。

「つまらないものですが、どうぞ」

（ほんまにつまらないもんやわ）

と持って来てくれた方がありがた迷惑であるが、毎日顔を合わせるので気まずくなるのもいやだなと思い、

「ありがとうございます」

と仕方なく受け取る。

しかし、鼻を近づけてにおうと臭いので、そのままゴミ箱へ捨てた。

しかし、皿が残っているので、皿だけ返すわけにもいかず、和菓子なり、かまぼこなり乗せて返しに持って行かなければならない。

景子に対しいまいましい気持ちでいっぱいになる。

何度、わたしはこんなみみっちい話を聞かされたことか。

「美沙子さんならどうする?」

「わたしなら、最初から断るわ。申し訳ないけど、わたしとこ、タラコ苦手なんやわ。ごめんねっていって」

「それがね、強引やねん」

「向こうが強引なら、こちらも強引に断ればいいやん」

「でも、近所づき合いが……」

「そんないじましい人とはつき合わんでもいいやん」

とわたしはいうが、また、同じような愚痴の電話がかかってくる。

そこの団地では、桜の木が何本かあって、毎年、花見の会をするそうである。

その席に景子はカメラを持って来て、撮ってくれるのであるが、必ず、写真代を要求するそうである。

写真をいただいた人はケーキなり、果物なりの御礼をするが、それが御礼にならないという。「それはそれ、これはこれ」といって、必ず、現金で写真代を支払うことが要求されるので、景子がカメラを向けると、写らないように顔をそむけるとのこと。

わずか百円ほどの写真のために、イヤな思いをした人は数限りなくいるという。

そんな景子夫婦がやっと引っ越すことになり、団地の人々は万歳三唱をしたいくらいの気持ちでにこにこと見送った。

他人にあれだけイヤな思いをさせつつ、ついに念願のマイホームを手に入れたのである。

やれやれという喜びもつかの間、団地の奥さん方の家に、景子より「遊びにいらっしゃい」の電話が毎日かかるようになった。

あまりのしつこさに、一度、家を見に行こうかということになり、五人ほどで遊びに行くことにした。

当日、三千円ずつ出し合って一万五千円相当の物をみつくろっておじゃました。

大阪郊外の新興住宅地の五十坪ほどの広さ。家の周りにはほんの少し土があり、草花が植えられていた。

景子は誇らし気に各部屋を案内してくれ、いつも以上におしゃべりであった。

そうこうしているうちに昼食の時間。

五人ともおいとましようとしていたら、景子が「出前とれるんよ。中華料理やけど……。なかなかおいしいんよ」

といってメニュー表を持って来た。

それで、五人は、焼きめし、焼きそばなどそれぞれ注文した。

景子のおごりだと思っていたので、五人共値段のはらない安いものを注文した。

それから一時間ほどして、今度はほんとにおいとますることにした。

「ごちそうさま」

といって玄関へ急ぐ五人に、

「ちょっと、ちょっと」

と景子が呼びかけた。

何か手みやげでも渡してくれるのかと思って振り向くと、

「えーと、Aさんは焼きめし五百円、Bさんは焼きそば五百五十円……」

とそれぞれの食べたものの値段をいってお金を催促した。

五人は景子にお金を渡した。

「楽しかったわ。また来てね」

と景子は玄関で五人に呼びかけたが五人は返事をしなかった。

その話は二、三日のうちに団地中に広まり、その後、誰も景子の家へ遊びに行かなかった。

景子は隣近所とのつき合いもないらしく、五人の所にしょっちゅう電話をかけて来てなつかしいから遊びに来たいというが、五人は全員、理由をつけて断っているという。

「遊びに行ったんが悪かったわ。一事が万事やったわ。一戸建ての家に移ったからっていって、気が大きくなってへんかったわ。人間て、環境が変わってもそんなに変わるもんやないんやね、美沙子さん」

とわたしの友人はいった。

「ところでね、美沙子さん、あの人がいなくなってほっとしていたら、また似たような人が越してきたんよ。昨日もね、そうめんをゆがきすぎたいうて、のびたそうめん持って来るんよ。困ったわ」

「困ることないでしょう。断ったらいいやん。もう食事終わったとか何とかいうて。はっきり断る時には断らんと、また、二の舞になるよ。大阪ではあとでする喧嘩は先にせえというやないの」

「今日のところ、そうめん受け取ったけど、今度からは心を鬼にして断るわ。ところで、美沙子さんは、いつもいせいよく断れというけど、自分の経験で断ったことある？」

「あるよ。近所の人がね、親切ごかしに、『お宅は猫ちゃんがいるから、おじゃこ沢山いるでしょう。どうぞ』とおじゃこを持って来てくれたの。一応、ありがとうって受け取っておじゃこのにおいかいだら腐ったにおいがしたから、五分とたたないうちに、そこの家へ行って、『このおじゃこ、腐ってます。においがしてます。うち、猫といえども、こんなにおいのするおじゃこ食べさせませんのでお返しします』っていって返したの。その人、やましい顔をして受け取ったわ。それ以来、その人、いい物を持って来るようになったんやわ。反省させるいい機会になったわ」

「エッ？　そんなにうまくいけばいいけどね。でも、今度からは美沙子さんを見習っていらないものはいらないとはっきりいうようにするわ」

と力強く宣言したものの、今日に至るまであいまいなつき合いをしているようである。

わたしの実家の母は「人に物ばあげる時にはさ、惜しかね、まだ置いときたかねと思うくらいの物ばあげんばよ。自分のいらんもんは他人もいらんと思わんばよ」と教えてくれた。

そして生家で沢山の人の出前をとることがあっても、「うちで注文したものはうちが払うのは当たり前」といってお客さんにお金を出させることはしなかった。

「うちの敷居をまたいでうちへ入った以上はうちの流儀に従ってもらう」といってなけなしのお金をはたいて母はすました顔をしていた。

わたしは親切ごかしに自分の家で不要の物を持って来る人に対しては「断ることも相手に対して親切や」と思って、きっぱりと断るべきだと周りの人にすすめている。

いったいに嫌われる女というのは、まずは夫の職業や学歴を自慢する人、子どもの行っている学校を自慢する人、実家の家柄や富裕度を自慢する人、親戚に有名人がいるのを自慢する人……、まあ、自慢しいの人。

自分が出すのはイヤなくせに人から物をもらいたがる人も嫌われる。

「くれくれ坊主にはやりとうもない」とかげではいわれているのを本人は気がついていない。

とにかく物やお金にこまかい人、汚い人は嫌われる。

自分のことは隠すのに、よそのことだったら何でも知りたがる詮索好きの人も嫌われる。

ここだけの話といったのに、すぐに口外する人も嫌われる。

秘密を守れるふところを持たない人は嫌われる。

「それ、いくらやったん?」

と何でも他人の着ている洋服、もっているバッグなど値段をきく人も嫌われる。

「わぁー、そのワンピースいいわ。どこで買ったん? 教えて?」

ときいて、全く同じワンピースを買って着る人も嫌われる。真似された方がもうワンピースを着られない。

いつも若く見られるとか道を歩いていると男性に声をかけられて困るという人も嫌われる。

「昨日、熱が出て大変やった」

と相手がいうと、

「何度やったの」ときき、

「七度八分」と答えると、

「わたしは八度三分やったん。もっと大変やってん」

と必ず上のことをいわないと気がすまない人も嫌われる。

きりがないからこの辺でやめるが、自慢しいで自分勝手で欲張りな女が嫌われるのである。

娘夫婦

「わが娘ながらほとほとイヤになったわ。結婚してからというもの、計算高くなって、えっ？この娘、わたしが育てた娘かしらって思うんよ」

とOさんは愚痴っぽくいった。

耳を傾けると、結婚して別世帯になった娘が近所のマンションに住んでいて、月末になると、夫婦揃って夕食のおよばれに来るそうである。

何でも月五万円ずつ貯金すると決めていて、その目標が達成できないのではないかと案じられると、迷うことなく、実家の食客となるそうである。

二、三日ならともかく、一週間も続くとたまらない。

妻の実家に遠慮もなく毎晩やって来る無神経な娘婿の顔を見るとその厚かましさに腹が立ってくる。

平の公務員なのでほとんど残業もなく、判で押したように定時に帰れるのである。同じマンションの住人は「夫の鏡」というアダナをつけて笑い者にしているそうである。

実家で風呂にまで入り、テレビを寝そべって見ている娘夫婦を見ていると、腹立ちを通りこして、胃が痛くなってくるという。

その上、「風呂に入れてもらってよかったわ。ガス代、電気代、水道代がういたわ。親ってありがたいわ」と、ふたりが顔を見合わせて喜んでいる姿を見ると、ますます胃の痛みが増してくる。

「ああ、しんどう。もう寝るわ」

といわないと、自分たちの家へなかなか帰らないというから始末が悪い。

二年前、見合いで一緒になった。

その婿を気に入ったのがOさんなのである。

まず一流大学卒に魅かれた。

夫は高卒で会社の中ではついに出世できなかったので、娘は一流大学卒と結婚をさせたいと思っていたのだった。

次に気に入ったのが、地方出身ということ。

婿の実家が近いとあれやこれやと干渉されることが多いが実家が遠いと娘は気楽である。

その上、次男なので、親をみる可能性が低い。

つまり婿の人柄ではなく、学歴やその他の条件が気に入ったのであった。

娘に強くすすめたのはOさん。

娘は最初は少し太めがイヤ、足が短いのがイヤ、鼻が低いのがイヤとイヤを十くらい並べていたが、二回、三回と会ううちに、気が合ったらしく結婚という運びになった。

しかし、結婚式場も決まってから、婿になる人はあることを打ち明けた。

田舎の両親に月五万円ずつ送金を続けなければいけないと。

大学を出してもらったので親の恩に報いたいというのだった。

Oさんも娘も困ったなと思ったが、結婚式の招待状も印刷に出してしまっていたので、今更、やめるわけにもいかなかった。

「まぁ、しょうがないわ。人生、何もかもうまくいくわけないわ。まぁ、おかあさんも手伝うわ。家計に余裕がない時は、実家やもの、食べに来たらいいわ。そしたらお金が少しはうくでしょう。あんたは外で働かない、共働きはしないという条件で結婚するんやから」

「おかあさん、ありがとう。困った時は助けてね。わたしも倹約して暮らすから」

ということで結婚生活が始まった。

Oさんも最初は協力的であった。

「おかあさん、今月しんどいわ」

と娘がいえば、

「そしたら、うちで食べて帰れば」

と機嫌良くいっていた。

婿も「おかあさん、すみません。ご迷惑かけます」と最初の頃は恐縮しつつ食卓に座っていた。

ところが二年も経つと、恐縮どころか当たり前のような顔をして食卓に夫婦ふたり座るようになった。

夫もあからさまにイヤな顔をするようになり、娘夫婦が帰ったあとに、

「おまえが悪いんや。最初に甘い顔をしたからな。おまえな、一流大学卒やっていうておまえの方が飛びついたけど、一流大学卒が何や、このざまやないか！」

とOさんに怒り出すようになった。

夫婦仲まで娘夫婦のせいで悪くなったのである。

「何を考えてるやら。妻の実家の世話になることを恥とも思わんのよ。ひと昔前の男の人やったら、妻の実家の世話になるのをイヤがったのに……。うちの主人もそうやった。せやから、主人、最近では、娘夫婦が来てもものもいえへんのよ。それでも婿は気がつけへんのよ。鈍感の極み」

とOさんはわたしに胸の内を思いきりぶちまけた。

「冒険家の植村直己って知ってるでしょう。あの人ね、妻の実家が豆腐屋で、妻が時々、実家へ帰って一丁百円ほどの豆腐をもらって帰って食卓に並べるでしょう、それが実家からただでもらった豆腐やとわかると、絶対に食べへんかったんやて。妻の実家の世話になりたくなかったらしいわ」

とわたしは先日、何かの本で読んだことをしゃべった。

「まぁ、男らしいわ。それこそ男やね」

とOさんは感心したようにいった。あと、

「美沙子さん、わたしに遠慮せんでもいいから、どない思うか、考え、聞かせてよ」

とわたしに意見をもとめた。

「そうやね、普通の感覚の男性なら、『やめとこう。あるもので食べようや。別に五万円きっちり貯金でけへん月もあるわ。もっと気楽に行こう。ずいぶん、君の親には世話かけたから、これ以上世話かけるのはやめよう。ぼく、心苦しいわ』といって妻であるお宅の娘さんを制すると思うけどね。もう、こちらからはっきりいった方がいいと思う。それしか解決の方法はないと思うわ」

とわたしはアドバイスした。

Oさんは今日こそいおう、明日こそいおうと思っているのに、娘夫婦の顔を見るといえなくて、三か月が経ってしまった。

一週間の食客が今では月の半分になってしまったと先日、愚痴の電話があった。

わたしは「ふんふん」と聞き、何のアドバイスもしなかった。

しても無駄なことがわかっているから。

別のTさんの娘婿は名古屋の方にいて、鉄道関係の仕事をしているので、勤めをうまく調整すると、二週間くらいいっぺんに休めるという。

それで妻の親元へ帰るらしいが、大柄で大食いなので、圧迫感も感じるし、いる間、とてもしんどいという。

妻の母親の用意した食事では量が足りないのか、自分でインスタントラーメンを大量に買いこんで、食事のあと、作って食べるという。

「わたしへのあてつけかいなとイヤになるんよ。文句いいたいけど、喧嘩になると、娘と孫が可哀相やから我慢してるんよ。娘一家がいる間、難行苦行。娘が嫁入りしたら、ホッとひと息つけるかなと思っていたのに、ひと息つけるどころか、よけいしんどいわ。何とかなれへんかしらね。美沙子さんがその立場やったらどないする?」

「そうやね……、わたしやったら、娘にいうわ。あんたと孫だけやったらしんどないけど、お婿さんも一緒やと気い遣い、体使ってしんどいって。せやから送って来て、あと迎えに来た時に、二、三日だけ泊まってもらったらいいんちがうの」

「お婿さんがいるとね、昼、お茶づけですまそうっていうわけにはいかんのよ。一日三食、きっちり作らんとあかんし……。とにかくしんどいんやわ。時々、ワァーッと叫び出したいくらい。狭い家やから着がえひとつも気がねやしね」

「それやったらもう重症や。善は急げよ。娘さんに正直な心の内、うち明けたらいいねん。お母さんのことわかってくれると思うよ」

「そうやね、そうしてみるわ」

夫に頼んでお婿さんを外へ連れ出してもらい、その留守に娘に対し、こんこんと自分の気持ちを訴えた。

「まぁ、おかあさん、ごめんね。おかあさんの立場もわからんと……。わかったわ。あと、二、三日だけ面倒みて。もう早く帰るから。そして、今度からは、子どもの学校が休みになっても、わたしと子どもだけ帰ることにするわ」

とわかってもらえた。

「やっぱり、美沙子さんのいう通り、単刀直入に娘にいってよかったわ」

とTさんはいった。

他の人にもよく聞かされるが、

「孫は来て嬉しいし、帰って嬉しい」と。

娘と孫だけであっても長い休みにずっと滞在されると、食費、電気、水道、ガス代、すべて二倍以上にふくれ上がって、年金生活者の親の経済を圧迫するという。

だからといって婿の方から御礼のお金が届くわけではない。

気がつかないのか、気がつかないふりをしているのか、全くわからないという。

「子を持って知る親の恩」という諺があるが、現代では別の解釈がまかり通っているそうである。

子どもが生まれると、産着も買ってくれるし、七五三といっては御祝いをくれ、入園、入学といっては机やランドセルなどを買ってくれるのでありがたい。

その物質面でのありがたさを「子を持って知る親の恩」というそうな。

世の中も変わってしまった。

子どもは四つの財布を持っているので、デパートは『孫の日』などを作り、四つの財布からお金を出させるそうな。

孫は父方、母方、両方の祖父母を比較して、多くお金をくれたり、何でもいいなりに買ってくれる祖父母の方に足しげく遊びに行くという。

小学生にまで今や拝金主義がまかり通っているそうである。

娘の産んだ子は絶対に間違いなく自分たちの孫であるから、娘の産んだ子の方が可愛いとおくめんもなくいい切る人を知っている。

嫁の産んだ子は信じるほかないともいう。

だからといって娘や孫に甘くしていたら、結局は自分を苦しめることになる。

「わが娘ながらほとほとイヤになったわ」

というなら、自分自身の反省も一緒にして欲しい。娘と母親は合わせ鏡だとわたしは思っている。

親子共に親離れ、子離れが出来ていないのである。

終業式の夜にはもう子連れで実家へ帰って来て、明日が始業式という前の日にいやいやながら夫の待つ自宅へ帰って行く人を知っているが、何をかいわんやである。

ふたりの嫁

早川家にはふたりの息子がいて、どちらも出来がよく、一流大学を出て、一流企業へ就職した。

両親は四国より駆け落ち同然に大阪へ出て来て、六畳一間、共同トイレのアパートから出発した。

学歴も後ろ盾もないふたりは夫はタクシーの運転手、妻は清掃のパートや牛乳配達のアルバイトをして息子ふたりを塾へ通わせた。

長男は大学時代からつき合っていた金持ちの娘と卒業後三年目に結婚した。

ひとり娘ということで親は泣く泣く、長男が養子になることを了承した。

養子先は阪急沿線の高級住宅地にあり、門構えで庭の広い洋館建て、たまに養子先を訪れる度に、養子に行くのも無理からぬことと思わずにはいられなかった。

長男は高校や大学時代の友人からは「逆タマ」と羨ましがられた。

長男の嫁はよく出来た娘で、常に夫の両親に気づかいをし、盆暮れにかかわらず、心づかいの品が届いた。

嫁はことばも行き届いてて、両親は「この縁はほんまによかったなぁ」と喜び合っていた。

孫もふたり（男と女）生まれ、遊びに行くとおじいちゃん、おばあちゃんといってまとわりついてきた。

それもすべて嫁がよく出来ているからだと親は満足であった。

次男もやがて結婚した。

次男の嫁の家は経済的には豊かでなく、結婚式も近くの神社で挙げ、あとその神社の大広間を借りて、近所の仕出屋さんから料理を持って来てもらって祝うという簡単なものであった。

次男の嫁は欲張りで思いやりがなかった。

一週間に一度は必ず夫の実家にやって来て、食事をよばれ、帰る時にはあつかましくも「おかあさん、これもらって帰ってもいい?」と冷蔵庫の中までよく見て、欲しいものを持って帰るのだった。

風邪気味で外へ出たくないために、食品を買いだめしていたのに、それを持って帰られると、その思いやりのなさに腹が立ち、次男はどうしてこんな嫁と結婚したのだろうと親は嘆いていた。

いつも長男の嫁をほめ、次男の嫁をけなすというパターンで三十年が過ぎた。

長男は五十六歳になり、地方の支店長となって単身赴任をしていたが、ある日、突然、心臓麻痺で亡くなった。

無断で会社を休んだので、部下が心配してマンションをたずねたところ、応答がないので、管理人さんと合い鍵で入ると、ベッドの上で息絶えていたのであった。警察で検死のあと、遺体を自宅へ連れて帰り、通夜、葬式と、慌ただしい日々が過ぎた。

誰もが現実を信じられず、呆然としてしまった。

養子にやったとはいえ、頼りにしていた長男を亡くし、悲しみにくれていたある日、一通の手紙が届いた。

長男の嫁からであった。

手紙を読み進んでいた母親が、

「えーっ！」

と絶句し、

「あんた、これ、読んでみて。絶縁状や」

と興奮した声で叫ぶようにいった。

「どれ、貸してみい」

と父親も読み始め、

「何や、これ、はんまかいな、本心かいな、信じられん」

と大声でいった。

手紙の内容は要約すると、「主人が亡くなったので、もう主人の関係の人とは今後一切おつき合いをしません。了承のほどよろしく」という一方的な絶縁の通告であった。

「なんでやろう、信じられん。あんなによく気のつくやさしい嫁やったのに……。よっしゃ、わたし、電話してみるわ」

といい、母親は電話をかけた。

嫁が直接出たが、木で鼻をくくったようなそっけない返事であった。

「あの手紙の通りです。主人が亡くなったんで、もう、おつき合いする必要はありませんので、今後、電話などご遠慮ください」

それっきり、音沙汰なくなった。

孫に会いたいと思っても、それも出来なくなった。

ふたり共、八十代のなかば。

あまりの仕打ちに泣き暮らす日々となった。

さて、次男の嫁はその後どうなったであろうか。

五年前、乳ガンとなり、手術をした。

その後も二か所ほどへ転移したが、手術でガンを除去し、ガンを克服した。

自分が病気になってから、次男の嫁はころりと変わった。

思いやりのあるやさしい嫁となった。

両親の家のものを持って帰らないどころか、手みやげを持って、よくたずねて来るようになった。

「おとうさん、まむし（うなぎのこと）好きやから買うて来ましたわ。食べて……」

と両親の好物のものを持って……。

長男が亡くなって以来、ますますやさしくなり、両親は嬉し泣きして次男の嫁を迎えた。

「人間て、わからんもんやなぁ。何かないと、その人間の本心はわからんもんやなぁ。うちらはついこないだまで、長男の嫁のことをよう出来た嫁やとあちこちでほめたもんやった。それが息子が死んだとたん、手のひらを返したようなきつい仕打ちや」

と妻がいえば夫も、

「やっぱりな。財産やお金があるさかい、わしらに分けてくれといわれへんかと邪推して絶縁状を書いたと思うわ。わしらは、長男を養子に出した時点で、あの子は養子先の人間やと思うて来たんや。養子先は養子先、わしらはわしら。何もあてにしてへん。ふたりで一所懸命働いて蓄えもあるし、贅沢せなんだら誰にも迷惑かけんと生活できる。若い頃の苦しかった生活を思えば、少々のことは我慢できる。生活するのにそんなにお金はかからんのや。人を馬鹿にすんな」

と怒りをこめていうのだった。

「おとうさん、わたしらも心がけが悪かった。長男の嫁の里は金持ちやからいうて、無理して、盆暮れには高いもんを贈ってたわな。その逆に、次男の嫁の里はうちとちょぼちょぼやさかいに気も遣わんと安上がりのもん贈ってたわ。今となってみれば反省やわ」

「ほんまにな。わしらのそんないやらしい考えに神さまが罰をくだしたんやと思わんとな。しゃーないわ。人間て最期までわからんもんやということを悟らしてもろうたわ。もう誰も恨まんとこう。幸い、次男の嫁がこんなにやさしゅうしてくれるさかいに。これからはよくしてくれんでも恨まんと、もし、よくしてくれたらありがたいと感謝したらええわ。もう誰もあてにせんこと。幸いにわしら、八十も過ぎてんのにふたり共元気やから、感謝して暮らしたらええねん。そう思うわ」

だんだんと気持ちが落ち着いてくると、反省のことばも出るのだった。

しかし、長男の嫁からもその孫からもその後、何の連絡もない。

Ⅲ　夫の財布　妻の財布

お金の記憶

わたしの一番最初のお金に対する記憶はまだ小学校にも入らない頃にさかのぼる。五島から博多まで運搬船を回していたよさこおじさん（与作がなまった）の蛮行に始まる。仕事の内容は五島の産物（魚や海藻類、イモや干し大根など）を博多に持って行って売り、帰りには博多から日用品（主に着物や洋服やタオル、石鹸、チリ紙）を仕入れて持って帰って五島で売り、その利ざやで大もうけしていた。

戦後まもなくの頃のこと、五島では衣類や日用品が不足していたし、博多では食べ物が不足していたので、商う品々は飛ぶように売れ、自分でも信じられないようなお金もうけをしてしまった。おじさんはこそっと銀行に貯金するのが苦手だったのか、ある夜、「近所の子どんば集めて来い」と酒に酔った勢いで呼んだ。

わたしと弟は表へ出て、近所の子どもたちにうちへ来るように呼びかけた。ちょうど夏であったので、花火をしていた子どもたちが寄って来た。

すると、おじさんは、わが家の押入の上段のふとんを下へ降ろすと、そこへ上がり、かがんだ姿勢でお金をばらまき始めた。

わたしや弟、近所の子どもたちも頭をごっつんこさせながらお金を拾った。

やがて外出していた父が帰って来て、おじさんは叱られ、やめたが、そのお金をおじさんに返した記憶はない。

後年、父母にきいてみたが、「覚えちょらんね。たぶん、もろうたとじゃなかかね。素面になったからっちいうて、あれは酒の上でのこと、酔狂でやったこと、返してくれっちいうようなみみっちか人間じゃなかったけんね。おじさんはね、みんな貧乏しとっとに、自分だけお金もうけばすることに耐えられんじゃったとじゃろね。じゃけん、あげんことばしたとじゃろね。じゃばってん、あん人のしたことは人間らしかことたいね。お金ばひとりじめしとうなかね、みんなに分けたかねっち思うたとたいね。もう、あげんな人間はなかなかおらんごとなったとよ。みんなさ、お金もうけしてでん、人に分けようっちする人間が少のうなってしもうたね。なつかしかねぇ」

とおじさんの行為をなつかしがった。

おじさんはその後、長崎市内に立派な家を建てて引っ越した。

わたしが高校生の時、会いに行くと、「ミンコ（わたしの愛称）よい、よう会いに来てくれた。ほんとはさ、おじさんはミンコば子どもに欲しゅうて、とうちゃんやかあちゃんに頼んだばってん、とうちゃんもかあちゃんもくれやえんちいうたけん、おじさんは諦めたとよ」とそれまでわたしの知らなかったことを聞かされた。

子どものいないおじさんはわが家へやって来ると、「ミンコ！」とわたしを呼び、ひざに乗せて即興の歌を作って歌ってくれたものだった。

おじさんは子どものわたしにいつも大金を握らせてくれたが、高校生の時にも、別れの時に分厚いお札を裸のままわたしの手に握らせてくれた。

子どもの頃、わたしたちきょうだいはよくお金を、わが家へやって来ていた人からもらった。盆や正月になると、ずいぶんなお金が集まった。

しかし、わたしは自分がいただいたけれども、父母の代わりにいただいたということはわかっていたから、まとまったお金になると母に渡した。

来客の世話をするのは父母だけれど、父母へ直接お金を渡すと、「そんなつもりでしたとじゃなか」と怒って拒否するので、帰りしなにこっそり、わたしや弟を呼んでお金を握らせるのであった。

しかし、紙芝居を見られる程度の小銭はそのまま使ってもよかった。

「あがどんにいうちょく。大人になったら誰もただではお金はくれんとよ。自分の力で精一杯働かんばお金は手に入らんとよ。わかっちょるね」

と母はことあるごとに念を押した。

「うん、わかっちょる」

とわたしはきっぱりと答えた。

母にしてみれば、そこにいるというだけでお金をもらっているわたしたちきょうだいに対し、ある危惧を感じたのかもしれない。

「お金は湧いて来るもんじゃなかとよ。人間の汗と油の結晶たいね」

と更に念を押すのを忘れなかった。

わたしが高校生くらいになると、

「稼ぎに追いつく貧乏なしっちいうて、一所懸命、なまけずに働けば、そこそこの暮らしがでくっとよ」

と教えてくれた。

父母は「あがどんが大きゅうなったらさ、ぎばって働いてお金持ちになったらさ、右へパッ、左へパッ、前へパッ、後ろへパッとお金ばまけよ。自分だけ金持ちになったらいなかとよ（いけないよ）。人が困っちょるとば見て、知らんふりばするとは罪になるけんね」

と口やかましかった。

「金持ちになられんじゃったらどげんするとね？」

わたしが聞くと、

「金持ちにならんでんねん、もしも、少しの余裕でんあったら、困っちょる人どんに寄附ばせんばよ。貧者の一灯でん、せんよりよかとじゃけん。それからいうちょくばってん、あんまり他人にわからんごと、ひそかにせんばよ。人間にはわからんでん、神さまは天から見てでくるっけんね」

と陰徳の大切さも教えた。

「お金はさ、たまたま自分の所にやって来とるばってん、本当はこの世の全部の人間の物っち、金持ちの人どんが思うてさ、どんどんお金ば手放せば、世の中の人で困った人がおらんごとなってよかとじゃばってんね」

と理想をいった。

「お金ばさ、いったん持つと、持ち乞食になりさがってさ、もっともっと欲しくなるもんちきいたばってん、あさましかね。ほどほどでよかね」

と父がいうと、

「うちはほどほどもなかよ。とうちゃん」

と母が笑った。

母は子どもたちにお金を渡す時、

「こんお金はさ、とうちゃんとかあちゃんがさ、悪いことばせんと正しく働いてもろうたお金ぞ。じゃけんさ、あがどんも正しく使えよ」

といいそえた。

母の生前、五島へ帰った時、テレビのニュースなどで、汚職などの悪事をして逮捕された人を見ると怒った。

「あらよー、こん人間どんはつまらん。大きか家もあって、びっしゃり（沢山）給料ももろうちょっとに、それ以上欲しかとか。あさましか人間じゃねぇ。こん人間の嫁さんや子どんは恥ずかしかね。正しくお金もうけばしとらんとじゃもん。家にあるお金ば疑わんばいけん。こんお金は正しかか正しくなかか」

脱税をして逮捕された人を見ると、

「あらよー、ちゃんと支払わんば。稼いだ金より、税金の方が多かっちいうことはなかろうもんの。なさけんなかね」

と非難した。

小学六年生卒業の父母でむずかしい言葉は知らなかったが、お金というものは正しく働いて正しく使うものだと、わたしたち子どもにきっちりと教えてくれた。

活きたお金

わたしが十八歳でふるさとを旅立つ時、父母はいった。

「もう、とうちゃん、かあちゃんの教えきれることは教えたけん、あとは、世間の人どんに育ててもらえよ」と。

わたしにお金についてこんこんと教えてくれたのは昭和四年生まれの専業主婦の和子さんである。和子さんは日本経済新聞や『マネー』という月刊誌やその他お金に関する本をよく読んで勉強していた。

「世の中ね、銭金の問題じゃないっていってもね、やっぱり、たどり着くところは銭金の問題よ。お金は大切よ。お金を馬鹿にしたら駄目よ。活きたお金を使うように心がけて暮らさないと駄目よ」

その頃、わたしは二十代の後半。すでに結婚し、息子は三歳くらいであった。

ある人の紹介で知り合い、同じ九州出身ということもあり、わたしは和子さんを親か姉のように慕っていた。

十七歳違いの和子さんとわたしが一緒に買い物に行くと親子に間違えられるほどだった。

和子さんは夫とわたしが自由業（当時、夫の主宰する児童画アトリエを手伝っていた）なので生活の保証のないことをとても案じてくれて、まず少額からでも貯金をすることをすすめた。

「美沙子さん、お金はね、余ったから貯金をしましょうとしても無理よ。何が何でもこれだけは貯金すると決めて、毎月、積み立てすることが大切。それも無理しない金額でね。無理すると息切れがして続かないから。今の美沙子さんとこだったら、まず、祝雄さん、美沙子さん、ピカちゃん（息子・光の愛称）、それぞれ月二万円から積み立てたらどうかしら。二年たったら四十八万円。それに利子がついて五十数万円になるわ。三人で百五十万円。それをね、郵便局の定額貯金にすると、十年おいとくと倍になるわ（なつかしいなぁ、利子が高かった頃が）。二十年でその倍の二百万円。三十年で四百万円。十年ごとに倍、倍で増えるんよ。お金がね、お金を育ててくれるんよ。まずはね、種銭を作ること」

と具体的な数字を並べて説明してくれたので経済に弱かったわたしも理解できた。

その頃には児童画のアトリエの生徒が増えていたから、三人で月六万円貯金することは可能であった。

「わかったわ、そのようにしてみるわ」

とわたしはその月から積み立てを始めた。

和子さんは月の何日までは郵便局に入れていて、何日以降は銀行に預けかえると利子が得とか、定額も小口にして貯金した方がいいとかいって、ややこしいことをいともたやすいようにやっていたが、わたしはそこまでは真似できなかった。

和子さんは「美沙子さん、物は絶対にお金を生んでくれへんのよ。現金で持っとくことが大事よ。着物や宝石なんか、買ったその時から値打ちが下がる一方。でもお金は働いてくれる。利子をね。宝石はね、いざ困って売るとなったら二束三文よ。買った値段の五分の一以下になることを忘れたら駄目よ」と念を押した。

「大丈夫、わたし、宝石に興味ないから」

と答えると、和子さんはにっこりした。

「美沙子さん、何か買いたいなと思ったら三日くらいは、本当に必要なものかどうかよくよく考えんとあかんよ。たいてい、よく考えると必要ないんよ。衝動買いはね、お金をドブに捨てるようなものよ」

とつけ加えた。

和子さんは二DKの団地に住んでいた。

狭いはずなのに、広く感じられたのは物が少なく、整理整頓が行き届いていたからだろう。

家族は夫と一人息子の三人。

和子さんがなぜ、経済に強くなったかというのには、夫が大いに関係する。

和子さんの夫は無類のお人好しで、人におごるのが趣味のような人。

同僚や友人と飲みに行っても「俺が出す、俺が出す」と周りを制して支払う気前のいいタイプの男性。

会社ではかなりの地位まで昇りつめていたのにずっと団地に住んでいた。

「おごってもらってる人が一戸建てに住んで、うちはいつまでも団地暮らしよ」

といいつつも、その頃の和子さんは一戸建ての家を即金で買えるだけのお金を持っていた。

なぜ、専業主婦の和子さんがそれだけのお金を持っていたかというと、株でもうけていたのである。

和子さんは結婚し、子どもが生まれたあと、夫の金づかいの荒さを知り、子どもを背負って実家へ帰った。夫のお人好しは一生治らないだろうと諦めたのだった。

何のために帰ったか。

夫と別れるためではなく、夫との生活を維持していくために、自分も経済的に自立しなければと思って、実家の両親にお金を借りに行ったのである。昭和四十年のことである。

家にいて、子どもを育てながら、夫に頼らずに経済的に自立するためには株の勉強をして、株でもうけようと考えたのである。

それから猛勉強した。

「親からね、株の種銭借りて、株の売買をしたら、それがうまくいくので、経済的には主人にも頼らなくて暮らせるようになったの。でも、株でもうけていることは主人には内緒。まぁ、その方が、主人も少しは給料を入れてくれるからね、ハッハッハッ」

と高らかに笑うのだった。

株でもうけては、わたしを高級料理店に招待してくれた。

「とにかくね、活きたお金を使わんと駄目よ。死に金は駄目。美沙子さんは将来のある人やから、こうしてたまにはおいしいものを食べて、いいもの書いてね」

とわたしが『めだかの列島』で出発したあとはずっと物心両面で励まし続けてくれた。

「ご主人も美沙子さんも自由業やから、何かあっても何の保証もないんよ。せやから、何があっても困らんように、まずは三か月分の生活費を貯めて、余裕ができたら六か月、一年、二年、まぁ理想は三年分かなぁ。もし、病気しても三年分、生活費があればね。病気になった時、お金がないと治る病気も治れへんのよ。お金のことが心配で気い遣うから……。それからね、六十歳過ぎて楽をしたいと思ったら、若いうちから節約して貯めとくこと。まぁ、老後、五千万円あれば、利子で夫婦ふたりゆったり生活できるわ（その頃、大型定期預金は銀行と交渉次第では年利八パーセントついたのであるから、年利子が四百万円。税金を引かれて三百二十万円。贅沢しなければ十分暮らしていける計算だったのであるが……）。

と、三十代のわたしに老後のことまで教えてくれるのだった。

今から二十数年前、酒が大好きだった和子さんの夫が喉のガンになり入院した。

見舞いに伺うと大部屋ではなく個室であった。個人病院の個室なのでかなりの高額であろうと思われた。

三十代後半のわたしは失礼もかえりみずに若気のいたりで和子さんを廊下へ呼び出していった。

「和子さん、もし、わたしで役立つことがあればいって。わたし、和子さんのおかげで貯金できているから、お金が入用な時はいってね。わたしすぐに持って来るから」

すると和子さんは涙ぐんだ。

「美沙子さん、ありがとう。そこまで思ってくれて……。でも大丈夫よ。わたしはこの日の時のために、日頃、何の贅沢もせんとお金貯めて来たんやもん。お金だったらあるんよ。大丈夫。気持ちだけいただいとくわ」

ときっぱりといった。

その時、和子さんがいった。

「うちの主人、自分がまともに家にお金を入れてなかったものだから、心配でね、筆談で『お金大丈夫か?』ってきいてきたから、『大丈夫、大丈夫、わたしに任せなさい』って胸を叩いたの。そしたらね、主人がね、涙を流しながら、『本田幸一、幸福だった。ありがとう』と書いたんよ」

その文字を見たら、夫のこれまでのことをみんな許そうって思ったという。

和子さんの夫はまた筆談で「○○デパートへ行って一番いい真珠のネックレスを買って来て、首にかけて見せて欲しい」と書いたので、和子さんはデパートへ急ぎ、真珠のネックレスを買って帰って胸元に飾った。往復、タクシーに乗った。

その胸元を見ると和子さんの夫は幸福そうな顔をして、ベッドの上でうなずいた。

「それがね、陸夫(当時大学生だった息子)がね、『おかあさん、今まで、お父さん、勝手なことばかりして家にもお金入れてへんかったのに、どうして、あんないい外国製のパジャマを着せるの』って抗議するようにいったので、わたし、いってやったの。『おかあさんのお金でおとうさんの面倒をみてるの。あなたには迷惑をかけてないでしょう。黙ってて』ってね」

母親の剣幕に押された陸夫は黙ったという。

陸夫にすれば母親の苦労を知っているだけにそれくらいはいいたかったのであろう。

七か月ほど入院していて和子さんの夫は亡くなった。

会社で部長にまでなっていたので社葬ともいうべき盛大な葬式であった。

和子さんは夫が会社でどんなにかみんなに慕われ、愛されていたか。夫が亡くなってみて初めて夫の存在の大きさを知った。

会社の誰彼が酒を下げてやって来て、「本田さんの写真の前で一緒に飲みたい」といって、飲んで帰るので、寂しくなかった。

会社の誰彼は和子さんの夫にふるまい酒、ふるまい飯に与った者が多く、そんな大盤振る舞いをする人の奥さんはいったいどんな人だろうかと話題になっていたのである。

「やっぱり想像していた通りお金や物にこだわらないおおらかな奥さんやった」

というのが会社の誰彼の感想であった。

和子さんは株をやってお金もうけをしていたが決して拝金主義者ではなかった。

ひとり息子を大学卒業させ、自分の老後が経済的に安泰であるようにと願っての株投資であった。

大もうけすれば周りの人たちにふるまい自分は質素な暮らしを愛した。

しかし、外へ出る時には、どこの奥さまかというような格好をしていた。

数は少なかったが最高の衣服を着ていたのである。わたしが友人の息子の仲人をする時には和子さんの留袖を和子さんに着せてもらった。留袖も帯も最高のものであった。

額に汗しないでお金もうけをするのはよくないとはよくいわれることであるが、わたしは和子さんの株売買については責める気がしない。

お金にだらしないお人好しの夫をあてにせず、経済的に自立して、息子を大学卒業させた。息子は一流企業へ就職し、よき伴侶もみつかった。

わたしは和子さんによって、お金についての教育は受けたと感謝している。

わたしは株は全くわからないし、元金が減るような投資などしたこともない。

ただ最初、和子さんに教わった積み立てをこの三十余年間、続けているだけである。

そして、着物や宝石やブランドの物に執着することなく、何か買いたい時は三日考えるようにしている。

物はお金を生んでくれないと口すっぱくいっていた和子さんの言葉を、今も守って質素に暮らしている。

今夕、スーパーの野菜売り場に行ったら、スナックエンドウを売っていたので、買って帰り、フライパンでいためてマヨネーズをかけて食べた。

この季節には和子さんが団地の土手の畑で栽培していたスナックエンドウをよくいただいた。

スナックエンドウのおいしい味を教えてくれたのも和子さんである。

その団地内も整地され、今では土手で野菜を作ることは出来なくなった。

それまでは、大根やナス、きゅうり、トマト……などをわが家へよく運んでくれたものだった。

花を作るのも上手で花もよくいただいた。

「一戸建ての広い土地に住んでる友だちがね、団地に住んでる人から花や野菜をいただくなんて、アベコベやねというんよ。小さい頃、田舎で育ってるから、見よう見真似で畑仕事もしてみたくてね」

と収穫物を惜しげもなく友人知人に配り歩く和子さんであった。

親の第六感

この話はもう四十年も前に女友だち久子から聞いたのであるが、ずっと心に残っていて忘れることが出来ない。

久子はわたしと同じく地方から出て来て、共同便所、共同炊事場のアパートで暮らしながら働いていた。

六人きょうだいの末っ子で上五人は全員男。

両親は目に入れても痛くないくらい可愛がって育てた。

特に父親は可愛くて可愛くてたまらなかったので、高校を出て大阪で就職するというと猛反対した。

親にすればひとり娘だけは将来もずっと自分たちの傍らで暮らせるように地元で就職し地元の男性と結婚して欲しいと願っていた。

しかし、久子は兄たち全員、大阪で働いているし、自分も大阪へ行きたいといって親の説得に耳を貸さなかった。

仕方なく親も折れた。

上三人はすでに結婚していて、二人、独身であった。

久子は兄の探してくれたアパートに住み、タオル会社の事務員として働くことになった。

長兄は中学を出て、職を転々としていたが、やっと寿司職人が自分にはむくと思い、その修業をして、小さいが店を持つことになった。寿司店は大阪市内ではあるが不便な場所であった。しかし近所に団地がひしめいており、そこの住人をお客さんとしてあてこんで開業した。

最初の一週間は大出血サービスで寿司とビールを提供したので、お客さんはわんさか来たが、サービス期間が終わると潮が引くように客足は遠ざかった。

従業員は使わずに子育ての終わった妻が手伝った。

長兄は愛想がよかったが、妻はどちらかといえばお世辞のひとつもいえない、真面目のかたまりのような女性であった。

決して朗らかな性格ではなかった。

それで久子が仕事が終わってから兄の店に駆けつけ手伝うことにした。

久子は笑顔がよく、朗らかなので店の雰囲気を明るく盛り上げた。

「おまえのおかげで店の雰囲気が変わった。みんな明るくなったと喜んでるわ。身体、大変やと思うけど頼むわ」

「わかったわ。お兄ちゃんには子どもの頃からお世話になってるし。第一、高校へ行けたんはわたしひとり。みんなの犠牲の上にわたしがあるんやから。恩返しやわ」

と久子は正直に自分の胸の内をいった。

何とか兄の店をもり立てないといけないと思い、疲れた身体をおして、兄の店へ通った。

しかし、慣れない都会生活、慣れない会社勤め、慣れない寿司屋の手伝いが久子の心身を苦しめていたらしく、ある夜、高熱を出して寝込んでしまった。

久子は近所の公衆電話から、兄と実家の両親に自分の体調が悪くなってしまったことを伝えた。

昭和四十二、三年春のこと。

アパートの自室には電話はないので、近くの公衆電話まで行かなければならなかった。

翌朝にはまた会社へ電話をかけに行った。

翌日、とるものもとりあえずといった感じで父が様子を見にやって来た。父は漁師をしていたが体調を崩し、船を若い従兄へゆずった。

父の顔を見ると久子はホッとして熱は平熱に戻って父を安心させた。

母も一緒に来たかったが地元で結婚した姪に子どもが生まれて、その世話をしていた。

姪は幼い時に母に先立たれ、久子の家に引き取って育てた時期があったので、久子の母は実の娘のように可愛がっていた。

実際は夫の妹の子なので血のつながりはなかったが、情けの深い久子の母は血のつながりなど気にしていなかった。

結婚、出産と面倒をみた。

父がやって来ているのを知った長兄が翌々日、店を臨時休業して久子のアパートへやって来た。

父と長兄は三年ぶりに会ったので話は弾んだ。

久子が意外と元気だったので長兄はホッとした。

自分が夜、店の手伝いをさせたことが体調を崩した原因だと自分を責めていたから。

しかし、父は久子が兄の店を手伝っていることは知らなかった。

久子は父にはいわなかった。

なぜなら、久子はふるさとを出る時に、

「どんなにお金がもうかるといっても水を扱う仕事にはついたらいけないよ」

と念を押されていたから。

若い久子はお茶よりも水を欲しがるお客さんに水をコップに入れて渡していたから、それも水を扱う仕事だと思っていたのであった。

夜十一時頃、長兄は帰って行った。

と、その直後、父が久子にいった。

「久子、兄ちゃんはまだ駅まではたどりついてないと思う。これ、持って行ってあげ。とうちゃんからといってくれ。返さんでもいいといってくれ」

といって父は久子に自分の財布を渡した。

「財布ごと渡していいの？」

「いいよ。明日帰る旅費は抜いたから。とにかく急いでくれよ。渡してくれよ。悪いけど走って行ってくれよ」

と父は久子にせかせた。

久子は中学、高校時代、短距離走の選手だったので、走るのは早かった。

が、兄はすでに駅に着いてベンチに座っていたのが道路から見えた。

久子は駅員さんに中へ入れてくださいと頼み、駅構内へ入った。

「兄ちゃん！」

と呼ぶと兄が久子を見た。

「何や？」

兄はけげんそうに久子を見た。

「とうちゃんがこれを。兄ちゃんに渡せというから、走って持って来たんやわ」

といって財布を渡した。

兄はひとこと、

「すまん」

と感無量の様子でいい、受け取った。

電車が来た。

兄は乗った。

久子は元の道を猛スピードで駆けてアパートへ帰った。

父は持って行ってくれといったものの、時計を見ると十一時過ぎ。

心配で、アパートの前に立っていた。

「とうちゃん、渡したよ」

肩で息をしながら報告した。

「ごくろうさん。さぁ、中へ入ろう」

と部屋の中へ入った。

それにしても不思議であった。

兄はひとこともお金のことはいわなかった。

ふるさとのなつかしい人々の最近の様子を聞いては、ほほえんだり、あいづちを打っていただけだった。

自分の寿司店のことも心配をかけまいとして常連のお客さんが沢山ふえたようなことをしゃべっていた。

なのに、父は兄の窮状を見ぬいたのであった。

何もいわなくても親というものは子どもの姿を見ただけでうまくいっているかどうか、お金に余裕があるかどうかわかるものらしい。

久子はわたしにいった。

「親にはね、子どもに対して、第六感っていうものが働くらしいわ、父に聞いたら、『なぁに、親の第六感！』って笑ったわ。もしもね、美沙子さん、わたしたちが親になった時、子どもに対して第六感が働くかしらね。父にあやかって働かせたいわ」

わたしが二十歳の頃に聞いた話なのに、自分が実際、見ていたかのような気持ちになる。

久子の父のたたずまいや、兄がすまんといって駅で受けとった様子や、久子が夜道を全速力で駆ける様子が、まるで映画の一シーンのようにわたしの頭によみがえるのである。

久子は結婚し、夫の転勤で現在では関東の方に住んでいて、年賀状のやりとりくらいだが、今度、電話をかけて、あの時のお兄さんはまだ元気で店をしているのか聞いてみたいと思う。

久子の父はその頃、六十を過ぎていたというから、今、生きていれば百歳以上、どうなったかなと思う。

久子の父は明治生まれで戦争にも行ったことがあり、男の子五人にはかなり厳しい父だったらしいが、しかし、厳しい中にもいつも親としての第六感を働かせていたのであった。

わたしたちの世代は、わが子に対して、第六感が働くであろうか。

言葉に出していわなくても子どもの顔や身ぶりで子どもが困っていることを察することが出来るだろうか。

会ったこともない久子の父だけれど、子ども思いだったわたしの父と重なり、父のような顔、父のような体型の人ではなかっただろうかと勝手に想像している。

支払いの優先順位

テレビや新聞で学校の給食費を支払わない保護者、保育園の保育料を支払わない保護者がかなりいると報道されている。

大阪弁でいえば、「ほんまかいな」の心境である。

どこをどう切り詰めても給食費の支払いが出来ないのであれば、それは学校や行政が相談に乗る制度はあると思う。

支払えるのに支払わない横着な保護者が問題である。

そんな家の子どもが休日の翌日、登校してきて、

「俺、昨日、寿司屋へ行ってトロ食べてん」

などと自慢するというから呆れてものがいえない。

それで余裕のある家だから支払ってもらおうと保護者に連絡とると、「小学校、中学校は義務教育でしょう。給食費もただのはずです」などと権利ばかりを主張するという。

子ども四人が小学校、中学校へ通っていて、過去何年間も給食費を一円も支払っていない不届きな保護者のことも紹介されていた。

これから強制的に取り立てようとする自治体もあるというから期待したい。

そもそも、昼食は家にいても食べるので、おのずから費用はかかる。学校でカロリーも計算した栄養価の高い昼食を食べさせてもらっているなら、喜んで給食費を支払うべきだとわたしは思う。

過激なテレビのコメンテーターは「支払わない家の子には食べさせなければいい」といっていたが、それは教育現場ではなじまないことだと思う。

やはり督促しても支払わないなら、給料の差し押さえなり何なり、強制的に取り立てるべきだと思う。

そもそも、収入があった場合、支払いの優先順位をどのように決めているのであろうか。

わたしの場合、息子の給食費は当然、最優先であった。

弁当を作る手間を考えたら、給食を出してもらえることにありがたいとまず感謝が湧き起こって当然ではないか。

給食のために働いている管理栄養士さんをはじめ、給食のおばさんたちのこまやかな手仕事で給食が生まれているのである。

とわたしが二、三人の女友だちに向かって力説していたら、少しだけ待ったがかかった。

「確かに給食費を支払わないのはあかんわ。強制的に取り立てるのも賛成やわ。でも、給食のおばさんで年収が六百万円もある人がいるんやて。こないだテレビで告発してたけど、作業時間はわずかやのに……。とにかく、給食利権というか、そういう裏の部分も暴いていかんとあかんのよ」

と社会意識の高いN子さんはいった。

「へぇー、知らんかったわ」

とわたしは驚いたが、

「今、わたしが話題にしてるんは、給食費を支払わない親に対してやねん。それと、保育料を支払わん親も結構いるんやて。どない思う？」

とわたしは支払わないことに話題を戻した。

「そうやねん、わたしの姪、認可の保育所に子どもを預けられへんで、無認可の保育所に預けて働いてるんやけど、認可の保育園に預けている人が保育料を払っていなくて、平気で預けてる現実を知って怒りまくってたわ。それもね、役所に勤めている人がね、支払ってないんよ。自分の給料、税金でまかなってもらってるのに、認可の保育料を支払わへんてあんまりやと思うわ」

「そんな人間の給料からは差し押さえするべきやわ。もっと徹底してやるべきやわ。支払わなければいけないものはちゃんと支払う、人間として当たり前のことやないの」

と他のふたりも怒っていった。

翌日、その中のひとりから電話があった。

「今日の新聞、読んだ？」

「いやー、読んでへん」

「先生がね、給食費の督促に自宅まで行きはったんやて。そしたら、今の今までお母さんの声がしてはったのに、子どもが出て来て、『今、お母さんはいません』って嘘をつくんやて。親がね、子どもに嘘までつかすんやて。教育上、悪いって、先生がいうてはった。そしてね、もうひとりの人やけど、先生が、給食費のことをいったら、『うちの子だけ、給食の始まる前に帰してください。それやったら食べんとすむでしょう』と無茶いうんやて。午後、授業受けられんやないの。貧しいわけでもないのに、支払えない家でもないのに、そういう無茶をいうんやて。とにかく、なってへんのやわ。常識以前やね。常識ないくせに屁理屈だけはいうんやから」

「ほんまに？　それはひどいわ」

わたしの親などは（昭和三十年前後の五島列島の親たちは）、昔は弁当持参であったが、もし、給食があり、給食代がいれば、一日三食食べるところを二食にしても、学校に支払わなければならないお金は支払ったと思う。

（五島に限らず、明治、大正、昭和初期生まれの人はそうだろう）

どうしても支払えない場合は、先生に対し平身低頭、謝ったと思う。

ところが、今では親の方が居丈高である。

「先生（公立の）は全員、わたしらの税金で雇ってるんや。偉そうにされることはない」などと平気で子どもの前でいう親がいるそうである。

情報がいっぱい入ってくる分、人間が悪くなって来ているのではないかと思う。

権利ばかりを振り回す人間が何と多いことだろう。

権利を主張するからにはまず、最低の義務を果たすのが先だと思うが……。

おかしな時代になってきたと思う。

真面目に支払っている人を笑う人がいれば、支払わなくてすんでいる人を羨ましがる人がいるという。

きちんと支払っている人が支払わない人を怒るのはわかるが、どうして支払わずにすんでいるのかと真似したいのかきいた人がいたというから何をかいわんやである。

次、保育料の話に移りたい。

自分が働いている間（収入を得ている間）、預かってくれているのである。

わが子イコール命。

命を守ってくれているのに、保育料を支払わないとはいったいどういうことだろう。

給食に関しては、要、不要を選ぶことは出来ないが、保育については、自分が働くからといって自分で選んで預けたはずである。

認可の保育園であれば、無認可の保育園より、保育料ははるかに安いはずである。

感謝して支払うのが当たり前だろう。

「認可の保育園へ入っている人が保育料を支払わないのなら、そういう人の子は退所させて、無認可の保育園の高い保育料を四苦八苦して支払っている人の子を入れて欲しいわ」

という人もいる。

外食するよりもまず給食代を支払う。

車やパソコンのローンよりも、まず保育料を支払う。

保育料を支払えないくらい貧しいのなら、車やパソコンは持つべきではないだろう。

車やパソコンがなくても、人間は生きていけるはずである。

支払いの優先順位を、家族で相談して早急に支払うべきだと思う。

それが、親として、最低の基本のしつけだと思う。

とここまで書いて、居間へ行きテレビをつけると、京都の橋の利用料のことが報道されていた。

その橋を渡るのに利用料が十円という。

それでテレビ局が隠しカメラで撮影してみたところ、百人のうち支払った人は十四人。八十六人は支払っていなかった。支払うというより貯金箱のようなものに十円入れるのであるが……。

いつもきちんと支払っている人がインタビューに答えていたが、人が見ているとか見ていないとかではなく、自分自身の気持ちとして必ず十円支払っているのだという。

その人の顔がすがすがしく見えたのはいうまでもない。

誰かが立っていて強制的に徴収するのなら一回十円くらい支払うだろう。

しかし、誰も見ていないと支払わない人が圧倒的に多い。

誰も見ていなくても一番よく知っているのは自分である。自分はごまかせないと思うのであるが……。

よく地方の農道の分岐点で持ち寄りの野菜が置いてあって、竹ざるにお金を入れれば、野菜を持ち帰ることが出来る無人の店がある。

野菜を出している人にきいたところ、十円のまちがいもなくお金が入っているときいた時は、自分の店のように嬉しかった。

誰も見ていなくてもおてんとうさまが見ている世界がここにもあったのだと思って……。

かつて日本人の多くがこういう心もちであったはずなのに、今や、支払わなくてすむのならなるべく支払わないですませたいという人が増えてきたことは悲しい。

最近、気がついたのであるが、わが家の近所にも無人の八百屋が登場した。

路面電車道に面した人通りの多い、文化教室の入口脇に店がある。

戸板の上に、京都産のじゃがいも、玉ネギ、人参、トマト、きゅうり、キャベツ、枝豆、三度豆、赤卵などが置いてあり、値段表も立てかけてある。

欲しい人はピンク色の豚の貯金箱にその金額を入れて勝手に持ち帰る。

わたしも時々そこを利用するが、人が見ていないからこそ、正確にお金を入れる。

時々、他のお客さんと出くわすが「こんなのんびりとした買い物ができて楽しいわ」といいつつ、笑いさざめきながら貯金箱に硬貨を入れる。

無防備のようであるが、信じていてくれるからこそ、お客さんは一円の不正もしない。

豚の貯金箱もなくなったことはないという。大阪市内にもこんな素朴な無人の店があることはとても嬉しい。

もうひとつ近所の自慢であるが、わが家に一番近い路面電車の駅には、傘立てがあり、傘が常時、沢山入っている。

駅に降りて急な雨の時にも安心である。

家にある不要の傘をみんなが持ち寄り、雨の日、お互いに困らないようにしているのである。

貯金

今井の父は国民年金以外はほとんど収入がなかったのに、亡くなった時、父の収入の割には沢山貯金をしていた。

父は常々、「貯金というものは沢山稼いだから沢山出来るというものではないんや。少ない収入でも使わないことによって貯金が出来るんや。まぁ、チリも積もれば山となるやな。コツコツとな。継続は力なりとはよくいったもんや」といっていた。

収入の少ない人でも貯金が出来るコツのようなものを、父が生前いっていたことを思い出しつつ書いてみたいと思う。

何かの参考にはなると思うが、読者の皆さまの方で取捨選択していただきたい。

超のつく倹約家で、少し世捨て人的要素があったので、とても現実には即さない提案もあると思う。その辺はよろしくお願いしつつ稿をすすめたい。

その一。まず貯金する気持ちになることが大切で、たとえ五百円であっても余分なお金はすぐに銀行か郵便局に預けること。

貯金をしに行くのであって、お金を借りに行くわけではないから、恥ずかしがらず堂々と行くこと。

その二。いったん預けたらよほどのことがない限り貯金をおろさないこと。一度おろすとおろす癖がついて貯金がたまらない。

その三。捨てない買わない生活を貫くこと。

何かを買うからお金が要るのであって買わない、つまり買いたいという欲望をおさえることが大切。従って買わないようにすれば、おのずから生活の中に創意工夫が生まれて、それなりに楽しい生活が出来る。

その四。もうけ話には絶対にのらないこと。もうけ話を持って来る人間は福の神ではなく貧乏神と思うこと。

その五。金持ちと見られぬことが大切。

金持ちと見られると世間の誘惑が多いので、あくまで質素な生活をすること。

実は今井の母は、今井の父と対照的な人であった。見栄はりで金持ちと思われたい一心の人で貯金など眼中になかった。

父は一番身近な人を洗脳できなくて、いつも悔しがっていた。

その六。便利な生活から遠ざかること。

父が亡くなったのは二〇〇三年の二月。

わが家にはそれまで風呂場にシャワーがなかった。

お金はわたしたちが出すからシャワーをつけたいと何度頼んでも反対された。

「湯船から洗面器に汲んで使うたらええんや。その方が水を無駄にせんからええ」の一点張りで貸す耳なし。

父亡きあと、浴室にシャワーと冷暖房をつけたが、冬、なんと快適なこと。よくも、暖房のない浴室で長い間、辛抱したものだと思う。

その七。毎日風呂に入り、血行をよくし、身体に免疫力をつけること。

免疫力がつけば自分で病気を予防し、もしも病気になっても自分で治せるから医者いらず。医者にかからない分、お金がいらないから貯金ができるというもの。

父は自転車で外出しては道で転んでケガをし、よく病院へ運ばれて、額や腕や足などを縫ってもらった。

そんな折りに抗生物質を渡されるが、一度も飲まずに捨てていた。

捨てない買わない主義の父が、薬だけはちゅうちょなく捨てていた。

「今どきの人間は、何かいうては薬ばかり飲んでからに。しかも西洋の薬はあまり身体にようないんや。自分の身体は自分で治せるように、神さんがちゃんとしてくれてはるのに、薬にばかり頼って、神さんからいただいた身体を粗末にしてるんや。もったいないことや」

と薬を飲むのが大好きな妻にあてつけるようにいっていた。

その七まで紹介してみたが、ひとつくらい参考になることがあっただろうか。

わたしが実行しているのは、その四、その五、その六少し、その七である。

その四は百パーセント父の教えに従っている。株や投資信託でさえしていない。

その五も百パーセント父の教えにしたがっているつもり。今井の母が反面教師であったし、わたしの周囲にも反面教師になる人が多いので、それらの人を横目に見て暮らしている。

金持ちと見られると不自由である。

人の集まる場所（カルチャーセンターなど）へきらびやかな服装、高価そうに見える宝石を身につけて行くと、必ずといっていいほど誘惑の手が伸びてくる。

その挙げ句、高価な物を買わされて、後悔しきりの人を知っている。

それと一泊旅行や日帰り旅行に、高価な品物を売るのを仕事としているセールスマンがまぎれこんでいて、金持ちそうな人と親しくなり後日、電話やあるいは直接たずねて来たりして、断りきれず、高価な宝石や着物などを買わされた例もあるから要注意！

その六は少しを先に書いたが、わが家には、自家用車なし、電気炊飯器なし、全自動洗濯機なし、電気湯沸かしポットなし。

わたしとしては、パソコン持たず、携帯電話も持たない。

なるべく便利な生活から遠ざかって暮らしている。

友人宅へ行くと、食器洗い乾燥機があり、わたしにもすすめるが、わたしは手が動く限り、自分の手で洗って、自分の手で拭いて、自分の手で食器棚にしまいたいと考えている。

わたしは昭和二十一年、敗戦の翌年に、長崎の五島列島に、明治生まれの両親の娘として生まれた。

物不足の時代に育ったので、その頃とあまりかけ離れた生活はしたくないのである。

その七を忠実に実行しているのが、父の孫、わたしたちの息子である。

「おじいちゃんのことで見習いたいのは毎日、風呂へ入ることやな。おじいちゃん、事故（近所の銭湯につかり、うつらうつらと居眠りしているうちに、湯を吸い込み、窒息死した）さえなかったら、百歳以上も元気でいてたと思うわ」

わたしも風邪で熱がある以外は毎日風呂に入り血行をよくしたいと思っている。

わたしの同世代の人で病気がちの人をよく観察すると、何かといっては薬を手放さない人が多い。便秘をしたといっては便秘薬、夜、眠れないといっては睡眠薬、頭痛薬……とはてしない。

わたしもなるべく薬は飲まないようにして暮らしている。

「病気にならんのが一番の金もうけや。病気して入院して、個室に回されたらえらいことや。ひと財産とんでしまうわ」

と父はいって、自分が元気に暮らさせていただいていることにいつも感謝していた。

その八もやっぱり付け加えようか。

「わしな、おばあちゃん（父の養母）みたいにコロッと死にたいんや。長患いはせんとな。節子（妻）も入院して三年も経ってしもうた。あんたは毎日、病院へ様子見に行ってくれてすまんと思うてるんや。わしまでそうなったら、あんたに迷惑かけるしな。コロッと死ねたら、入院の費用もかからんし……」

と冗談まじりにいったことがあったが、父は願い通りに苦しみもせずにコロリ往生した。

その時には悲しくて悲しくて泣き明かしたが、今となっては、それでよかったんではないかと思えるようになってきた。

超質素倹約家の父らしい最期であったと思う。

裸で生まれて、裸で死んで行った。

嫁のわたしに一日の介護もさせず、自分で湯かんまでして旅立った。

わたしもその八にあやかりたいと願う。

わたしの実兄も父の死にあやかりたいという。

父が亡くなったあと、小銭を紙で巻いた円筒状の包みがいくつも出て来た。

あけてみると、一円玉が五十枚、五円玉が五十枚、十円玉が五十枚、その包みが十個ほどみつかった。

合計しても五千円にもならなかった。

しかし、父は、

「小さいお金の積み重ねが大切や。十円でも百個で千円。これが百円なら百個で一万円。なかなかの金額になるんや。小さいお金を馬鹿にしたらあかんで。一円を笑うものは一円に泣くっていうからな」

といっていた。

わたしは心の中で、

「今どき一円で泣くもんはいてへんわ。十円なら公衆電話がかけられへんで困ることがあるかわからへんけど……」

と思ったが、人生の大先輩のいうこと、ご無理ごもっともの殊勝な様子で聞くふりをした。

「祝雄はなかなかわしのいうこと聞けへんけど、あんたはようよう聞いてくれるさかい、わしも話しがいがある」

と父はわたしの心の内を知らず喜んでいた。

先程テレビをつけたら、東京の方の大学で「はしか」が流行っているという。

大人がはしか？　と首をかしげたが今の若者は免疫力が弱くなって来ているらしい。

テレビを一緒に見ていた夫が思い出していった。

「亡くなったお父さん、すごい免疫力があったで。君がうちへ来る前に、よそからシュークリームをもらったんやけど、それが古いシュークリームで家族、おばあちゃん、おかあさん、ぼく、弟、全員お腹こわしたんや。ところがお父さんだけお腹こわせへんかったんやで。日頃から食べ物を粗末にせんと少々古いもんでも捨てんと大事に食べてたから、免疫力が出来てたんちがうか」

亡くなったあとも、何かあると思い出される父である。

ヘソクリ

同世代の女友だちと会うとヘソクリをしているかどうか聞いてみるが、ほとんどの人がヘソクリを持っている。

何百万単位から何十万単位まで。

人それぞれの金額であるが、嬉しいことに自分の贅沢のためにヘソクリをしている女友だちは少ない。

結婚して独立した息子や娘の家族のために使いたいというのが一番多く、次は寄附である。

わたしの実家の母もヘソクリが好きで、額の裏や押し入れの中、茶ダンスの引き出しの底などに隠していたが、子どものわたしでもその隠し場所を知っていたから、はたしてヘソクリといえるのかどうかはわからない。

母はヘソクリは女の甲斐性といって、わが家へやって来る女性たちに、ヘソクリをするのをすすめていた。

母は三人の娘にもいい続けてきたから、わたしもヘソクリは持っている。

わたしのヘソクリの隠し場所は箱入りのぶ厚い本の間である。

（と、書くと夫や息子はハハーンとすぐにわかるにちがいない）

わたしのへソクリはつもり貯金が貯まったものである。

つまり、○○したつもりを自分でして、その分をヘソクリに回すのである。

クリーニング代であったり、デパートやブティックで目についた洋服を買わなかったり、スーパーのバーゲンで日用品を購入した差額であったり……、何かと○○したつもりと思うと、結構なヘソクリが貯まるのである。

わたしの場合はその用途はほとんど寄附である。

数年前、息子がわたしにプレゼントしてくれた本、『お金持ちの法則――豊かさは与えたものに比例する』によると、見返りを求めずに、義務感でなく与えると、お金を引き寄せる法則が動き出すそうである。

その実例が数多く紹介されており、なかなか説得力のある本であった。

わたしもそういう経験を数えきれないくらいしている。

御祝や御見舞い、香典など、相手がお金に困ってそうな場合、思い切ってわたしにすれば奮発してお金を出すと、必ずといっていいほど、その金額か金額以上の予想もしなかったお金が入って来るから不思議である。

忘れていた印税や、原稿をあちこちに貸している転載料や、他人に貸して忘れていたお金など……。

わたしが今もって忘れられず、感謝していることがある。

一九九二年、前年に出した『わたしの仕事』（理論社）が産経児童出版文化賞を受賞し、三十万円の賞金をいただいた。

わたしは自分ひとりがいただいたものと思えず、全額を産経新聞を通して福祉関係へ寄附した。

ところが、わが家の財産が書きかえられていることが判明し、裁判となり、現金はすべて、土地をおさえるための仮処分代となり、お金に余裕がなくなった。

いかな楽天家のわたしでも、時には「あの三十万円が手許にあればなぁ」と思ったりした。

と、その直後、大きな講演の仕事（長崎県の離島振興）があり、三十万円をいただいた。

その上、その時の講演を開いてくださった人の紹介でまた大きい講演の仕事があり三十万円いただき、寄附した三十万円が返ってきたのである。

わたしは作家なので、講演は余技である。

従って、これまでわたしは一度も講演料をこちらからいったことはない。

すべて主催者任せである。

思ったより多くても、思ったより少なくても、それは余技であるから、そんなものだと思っている。

思ったより多かった場合はすぐに寄附することにしている。そうしないと申し訳ないような気持ちになり、落ち着かないのである。

以前、節約生活をテーマの本を読んだことがある。

では、この人は、節約して貯めたお金はいったいどうするのかと興味津々で読みすすんでがっかり。

マイセンのカップ（一客四万円）などを自分へのご褒美に買うと書いてあった。

この本には寄附などの考えは全くなかった。

ある婦人向け雑誌の家計欄を読むと、必ず公共費（寄附）の費用があり、収入に応じて毎月公共費を出していて、読む度に嬉しい気持ちになる。

この雑誌にはキリスト教の精神が流れていて、助け合いの気持ちが日常の中に定着しているのを感じる。

ノブリス・オブリージェ。

高い身分は義務を伴う（フランスの諺）。

リシェズ・オブリージェ。

冨は義務を伴う（ギー・ロスチャイルドのことば）。

とあるように、別に高い身分や冨がなくても、自分に少しでも余裕があるなら、やはり恵まれない人へお金や物を回すことは人間として大切なことではないかと思う。

世界の人口六十六億人のうち、一日一ドル以下の所得で暮らしている人たちが十二億人、飢餓線上にいる人たちが八億人といわれている。地球上の人口の三分の一の人が常にお腹をすかし、時には餓死しているのである。

わたしは二十余年前より、チャイルド・ファンドの里親会員である。フィリピンの恵まれない子どもの里親になっていて、現在五人目の子どもへ毎月四千円送金している。千円は会の事務費にあてられていて、三千円あれば、ひとりの子が学校へ行ける。

わたしは幼稚園や学校へ講演に行くと、よびかけるようにしている。ひとりでひとりの子どもの面倒をみるのが大変であれば、二人で協力すれば一月二千円、四人であれば一月千円、五人なら八百円、八人なら五百円となる。

善い事で協力するので、その仲間が集まってもおのずから清談になるにちがいないとわたしは思っている（チャイルド・ファンドの連絡先は、電話〇三―三三九九―八一二三）。

一月千円未満なら、専業主婦であってもそれくらいのヘソクリは可能である。

ヘソクリでひとりの子どもを救えるなら、そのヘソクリは清らかなヘソクリといえるだろう。

ヘソクリをただ貯めこんで自分の贅沢のために使うようではお金が活きない。

それを他者へ使う時、そのヘソクリは社会的に大きな働きをすることになる。

さて、ヘソクリの語源であるが、宮本常一著『棄民の思想』（講談社学芸文庫）によれば、――アサ（麻）はアサの皮をはぎ、あらかわをとったものをよくさらしてこぎ、それをさいて細くしたものをひねってつないでいく。そしてそれをまいて玉のようにする。これをヘソという。ヘソをつくることをヘソをくるといったものである。ヘソクリというのはそうしたことから出た言葉で、女の私有財産のつくり方には田畑をひらくほかにこうした方法もあったのである。そして、しかも、西日本では年とって代をゆずった女たちの間にこれが多くみられたのである。ではこうした金を何のためにつくったのであろうか。たいていは自分たちの死んだときの葬式の費用にしようとしたのである。だからこのヘソクリを、葬式金ともシボジの金ともいっているところがある――と記されている。

ヘソクリはこのように後々、活きたお金として使われることを目的としていたのだと、宮本常一氏の文章からもうかがいしれる。

わたしの母も「わたしのヘソクリが何かの役に立つとなら、誰かの役に立つとなら、いつでん使ってもよかとよ」と常々いっていた。

お金を可愛がる

わたしの知人の男性石本さんは、地方の高校を出て大阪へやって来た。

建築事務所で働きながら、努力の末、一級建築士の資格をとり、独立開業した。

ちょうどバブルの景気に乗り、不動産売買の仕事もやり、一代で金持ちになったとのもっぱらの評判であった。

わたしも何度か夫と共に食事に誘われたことがあるが、とにかくきっぷのいい人であった。

酒が入っていたので、わたしは単刀直入にきいてみた。

「どうして、そんなにお金持ちになりましたん？」

「お金を可愛がったから」

「どういう意味ですの？」

「ぼくは、お札にアイロンまではかけないけど、時間があったら財布の中のお札を出して、なでたり、さすったりしてしわを伸ばしてあげますんや。ほら、見てください、新札みたいにきれいでしょう」

と石本さんがとり出した札を見ると一万円、五千円、千円、どれもきれい。

「それとね、ぼくは必ず、お札の顔は同じ方向で揃えるようにしてます。それがお札に印刷されている偉い人への礼儀やと思ってます。上下乱れて入れるなんて、そんなことは一度もしたことはありません」

と教えてくれた。

店を出る時、

「この店は老舗。会計の人がおつりを渡す時ちゃんと札の方向を揃えて渡しはった。こういう店は大丈夫。これからも続きます。その反対に、ぐちゃぐちゃのお札を方向も揃えんと渡す店があるけど、そんな店には二度と行きません。商売人がお金を可愛がらんとどうします？　お金は大切なものやから」

と再度教えてくれた。

道を歩きながら、

「お金はね、お足っていうくらいやから、逃げ足も速いんですわ。だから、いったん出たらなかなか帰って来ないと思います。ところがね、ぼくの所には帰って来ますんや。日頃、ようよう可愛がってましたさかいにぼくのことがなつかしくなって帰って来ますんや。お金、可愛がってあげはったらよろしいで」

とだんだんくだけた口調になった。

それ以来、少しは石本さんを見習いたいと思い、札だけは手で伸ばし、きちんと揃えて財布に入れ、渡す時にも揃えて渡すように気をつけている。

わたしがひいきにしている古書店がある。
そこはおつりの札が必ず新札である。
老舗であるし、これからも店は続くだろうなと思っている。

夫の財布　妻の財布

今から三十年ほど前、わたしと夫と同世代の男女が結婚し、何もかも生活に必要な費用は折半という条件で新婚生活をスタートさせた。

ダブルインカムノーキッズのはしりである。

女性も仕事を持っていて夫と同じくらいの収入があったのでそういうことが出来たのである。

夫からその話をきいた時、わたしは信じられないような気持ちであった。

わたしは結婚した以上は、財布は同じであると思っていたからである。

その話をきっかけにして、二、三の女性の友人にきいてみたところ、わたしと同じ考えの人は少ないのがわかった。

ひとりの女性は当時（昭和五十年頃）、三百万円の持参金を親にもらって結婚した。

「このお金はわたしだけのお金やねん。わたしの親がわたしにってくれたんやもん。せやから絶対にどんなに困っても生活費には入れへんねん。生活は主人の収入でまかなうねん」

夫のお金はわたしのお金、わたしのお金はわたしのお金というのである。

わたしは心の中でへぇーと驚いたが反論はしなかった。

もうひとりは共働きしていた。

「生活は主人の収入でまかなって、わたしの収入はわたしの名前で貯金しとくねん。夫婦っていえども、元は他人。何があるかわからへんからちゃんと貯めとかんとね」

とごく当然のようにいうのだった。

その人たちの夫は気の毒だなとわたしは思った。

財布を同じにしない結婚ってあるのだなぁということをわたしは知った。

わたしと夫は結婚して三十七年になるが、これまでずっと財布は同じである。

ただ便宜上、収入の振込先が違うだけである。

ただし、一九八三年五月まではわたしの本の印税などすべて夫の銀行口座に振り込んでもらっていた。

わたしが本格的に作家として出発したのが一九七七年十月。

出発作の『めだかの列島』（筑摩書房）は初版八千部、二週間後一万部、一か月後一万部という早い増刷であった。

その印税は夫の口座あて振り込んでもらっていた。

その後、連載や、印税もすべて夫の口座へ。

一九八二年十一月、ポプラ社より『少女ミンコの日記』を刊行していただき、二刷までは夫の口座であったが、担当編集者のSさんより三刷以降は本人の名義の銀行口座を作ってはどうかとアドバイスを受けた。

わたしがこれまですべて夫の口座に振り込んでもらっていた旨伝えるとSさんは半ばあきれたような様子であった。

そして、わたしの貯金通帳が出来たのであった。

結婚したのが一九七〇年一月だから実に十二年間、わたしは自分の貯金通帳を持っていなかったのである。

しかし、何の不自由も感じていなかったので、Sさんにアドバイスを受けなかったら、ずっと通帳なしの生活をしていたかもしれない。

とこんな話を友人知人にすると、

「まぁ、あまりにも世間知らずやわ。あきれるわ。信じられへん話やわ」

と口々にいう。

わたしはまた、結婚以来ずっと、夫の主宰していた児童画のアトリエを手伝ってきたが、正式な報酬をいただいたことは一度もない。

すべて夫の収入として申告してきた。

これにもあきれられた。

「美沙子さん、しっかりしてよ。もしも、離婚てなった時にどないするん。ご主人の貯金通帳のもんはご主人のもんになるんよ。ところで、貯金の金額どないなってるん？」

「夫の方がわたしの倍以上あると思うわ」

「えっ？　ほんまに。信じられへん。ずっと一所懸命働いてきたんやし、ご主人にいって、半々にしてもらわんとあかんよ」

と忠告を受けているが、今もってそのままである。

離婚という最悪の時を考えて、常日頃から考えて貯金をするなど、わたしにはとうてい出来ないことである。

夫は大学に勤めていて、毎月天引き貯金をしていて、相当の金額貯まっている。

夫は半年に一回、その金額明細をもらって帰って来てわたしに渡す。

夫もわたしに対し、お金に関しては隠し事はない。

明日にでも、わたしが夫の貯金を勝手におろし、わたしの口座に入れたとしても、たぶん、夫は文句などいわないであろう。

わが家では夫の財布、妻の財布の区別をつけたことがないのである。

さて、冒頭に紹介した生活費、折半の夫婦はどうなったであろうか?

数年後に離婚したそうである。

そして持参金はわたしだけのものといっていた女性も離婚した。

共働きでわたしの収入はわたしの名前で貯金しとくねんといっていた女性は、子どもが成長し、自分の貯金を子どもの大学（私学）の学費に回し、夫と子どもに感謝されつつ、朗らかに暮らしているという。

わたしは三十余年間、夫の両親と同居してきたが、夫の両親に経済的に援助することを惜しいと思ったことはない。

援助出来て嬉しいと思ったことはあるが……。

「親にすることは将来の自分のためにしとることになるとよ」

とわたしの父母はいっていた。

子どもがその姿を見て育つからだという。

子どもは親のすることはするかしないかだけれど、親のしないことはしないとよくいわれることである。前者のするかしないかは子どもが選択することであって、わたしは過剰な期待はしていない。

わたしの世代は親をみる最後の世代で、子どもからみてもらえない最初の世代であるという自覚は持っているつもりである。

わが家もひとり息子なので、親をみたいと思っても経済的、時間的、体力的にみられないかもしれないとは思っている。

話が脇道へそれてしまった。

夫の財布、妻の財布について書いていた。

先日もわたしからすれば理解しがたい話をきいた。

結婚した娘が半年前よりパートで働きに出ているそうであるが、

「そのパート代は絶対に家計に回してはいけない、自分のためにだけ置いとくように」といっていると、娘の母がわたしにいった。

「家計は主人の収入でまかなって、自分の収入はたとえ千円でも家計に入れたらいけない。入れると主人があてにするから。パート代の金額もいってはいけない」というのである。

あえてそれについてわたしの考えはのべなかったが、夫婦であるのに寂しいことだなと思った。

しかし、昨今は娘の親にすれば、その考えが大勢を占めるそうである。

働くのは男で、本来なら女である娘は家にいてゆっくりするべきなのに、外で働いているのだから、その分は娘の分だというのである。

「美沙子さんには娘さんがいないからわからへんねん。娘さんがいたら、絶対、そう思うって……」

「絶対っていうことば、簡単に使わんといて。わたしはわたし自身が、わたしの働いたお金は家族のものって思って今まで暮らしてきたんやから。娘がおったとしたら、わたしの姿、真似ると思うけども……」

「いや、反面教師にすると思うわ。おかあさんはアホやっていうて。今の三十代の娘は経済面では皆、しっかりしてるよ」

といってゆずらなかった。

長崎県の五島列島で明治生まれの両親に育てられたわたしは、最近、あらゆる面で少数派になってきたことを感じる。

こうなったら、死ぬまで少数派を貫いてやるぞと心に誓っている。

離婚の慰謝料

自由業の稼ぎの悪い夫を持ったF子さんは、「ああ、もう、こんな生活はいや。離婚してよ」と何度叫んだことだろう。

すると、その度に夫のS男さんは、

「まぁ、まぁ、待てよ、もう少し。今、離婚しても、ぼく、お金がないから君に慰謝料も支払えない。せめて一千万円くらいは支払ってやりたい。これから頑張って一千万円貯めるからそれまでは待ってくれへんか。お願いやから」

と懇願した。

それでF子さんもS男さんのいい分をきき、結婚生活を続けた。が、あれから二十年が経っても一千万円貯まらず、今も文句いいつつ一緒に暮らしているそうな。

わが子を信じるべきか

お金や財産はどんなことがあろうと最後まで親は手放したらいけないという人は多い。

わたしの知人でも病気で入院することになり、実の娘に銀行や郵便局の通帳と印鑑をあずけていたところ、気がついたら全額使われていて、葬式代もなく、他のきょうだいが出し合ってなんとか葬式を出すことが出来たということをきいたことがある。

知人は爪に火を点すような倹約ぶりでお金を貯めていて、自分が亡くなったらきょうだい四人で平等にお金を分けて欲しいと長男に伝えていたが、分けてもらうどころではなく、葬式代、あともろもろの費用を手出しであった。

別の知人は、結婚していない五十代の娘とふたり暮らしであるが、娘を信じることが出来ずに、風呂に入るにも、貯金通帳他大切なものはビニール袋に入れて風呂場に持って行くそうである。

そのまた別の八十代の女性は、四十代の末っ子の長男を溺愛していて、他に娘が四人もいるのに同居の長男に早々に財産をゆずった。

夫を数年前に亡くしてから気が弱り、自分を一生長男夫婦にみてもらうから、あなたがたには面倒をかけないことを約束するといって、四人の娘たちに財産放棄の印を押してくれるように頼んだ。

四人の娘たちにはそれぞれ夫の両親がいたので、自分の方の問題はこれで解決すると思い印を押した。

お金をいくばくかもらうより、介護から解放される方を選んだのである。

その頃の長男の嫁は従順でやさしく、母親も「さすが目が高い。息子はいい嫁をもらった」と手放しのほめようであった。

ところが長男は五十歳を目前にして脳溢血であっけなく亡くなってしまった。

その時の母親の悲しみは深かった。

なかなか立ち直れず、毎日泣き明かしていた。

最初の数か月は嫁と手をとりあって泣いていたが、嫁は子ども三人のために前向きに生きなければならなかった。

嫁は十歳下で子どもは小学生二人、中学生一人でまだまだ手がかかった。

夫が生きていた時には夫の手前、夫の母親として厚く接してきたが、夫に先立たれて、毎日泣かれてばかりいるとうっとうしくてたまらなくなり、ついに、姉四人を呼び、母親を引き取ってくれるようにいった。

四人は困惑したものの、自分たちの親でもあり、それぞれの家で数か月ずつ面倒をみることにした。

まぁ、俗にいうたらい回しである。

土地、建物は弟名義にしたが、母親は相当のお金を貯めていたので、しんどい時には家政婦さんでも雇って、自分たちの出来る範囲で面倒をみたらいいと考えていた。

最終的には有料の高級な老人ホームにでも入れたらいいと相談していた。

ところが驚いたことに、母親の貯金は0だという。

ただ国民年金が唯一の収入だという。

「おとうさんが遺してくれたお金、どないしたん?」

「生命保険も入れたら八千万円はあったはずやのに……」

「公明正大に使うから、どこの銀行に入れてるか教えて」

「もし、洋子さん(長男の嫁)に預けてるんやったら洋子さんにいうて通帳返してもらうわ」

と口々にいうが、母親は口を開かない。

「ね、おかあさんどないしたん」

と背中を叩かれてやっと口を開いた。

「全額、あの子にやってん」

「えっ? 今、何、言うたん?」

「全額、あの子に渡してしもうたんや。まさか、わたしが後に残るって思わんかったさかいに……。すまんなぁ。わたし、何もないんや。文《もん》なしやねん」

と母親は泣きくずれた。

「でも、洋子さんにいうて返してもらうわ。せめて半分なり……」

「そうしてくれるか。わたしも何もなしでお世話になるのは心苦しいから」

次の日曜日に四人連れ立って長男の嫁に会いに行った。

かくかくしかじかと事情をいったところ、嫁はきょとんとして、

「えっ？　わたし初耳ですわ。あの人、おかあさんにお金もろうてたんですか？　わたし、何も知りません。それでわかりました。あの人、これまで三回ほどバーの女にうつつを抜かしましてん。ところがね、給料は全額、わたしに渡してましてん。どこにそんな女遊びするお金があるんやろうかと不思議でしてん。女がみつぐほど色男でもないあの人……。ああ、わかりました。わかりました」

と合点がいったような様子。

母親から大金をもらいながら自分には内緒にして浮気を繰り返していた夫に腹が立ってきた。夫にそうさせた姑も憎かった。

夫が亡くなったあと、銀行等、調べたが、夫の預金はわずかの残金だけであった。

ひょっとしたら、これまで発覚した愛人のひとりにマンションのひとつも買ってやったかもしれないと思うと、ますます腹がたってきた。

「わたしは一切、お金のことは知りません。主人が勝手に使ってしまったんやと思います。おかあさんもおかあさんやないですか。わたしも一緒に目の前でそのお金を渡してくれはったんやったら、わたしにも責任がありますけども、おかあさんと主人とふたりでわたしにわからんようにやったことです。そんなことを、わたしの知らんことを今更いわれても困ります。どうか帰ってください。帰って、おかあさんを問いつめてください。そして、もう二度と来ないでください。これでは

っきりしました。おかあさんの面倒はそちらのごきょうだいでみてください。わたしは一切、今後、面倒はみません！」

と強硬な態度でいい切った。

四人はすごすご帰らなければならなかった。

家へ帰って四人で問いつめると、息子に、嫁にわからないように貯金通帳と印鑑を渡してしまったことを白状した。

「でも、夫婦やさかい、そうはいっても、半分くらいは洋子さんに渡したと思ってたんやけどもな……」

と泣きくずれた。

「おかあさん、あんまりやわ。いくら、男の子がひとりで可愛いといっても、わたしらもおかあさんの子どもでしょうが。わたしら可愛いなかったん？　可愛いなかったんやろね。可愛かったら、いくらなり分けてくれてるはずやもんね」

「ひどいわ。あんまりやわ。一文なしで娘ん所へ来るなんて……」

「おかあさん、みんな嫁いでるんよ。姓が変わってるんよ。まぁ、おかげで、四人共に長男の嫁じゃなかったから同居はまぬがれてるけど……。主人や子どもに気がねやわ」

と口々にいい立てるので母親は、

「もう、死にたいわ」

とつぶやいた。

次の日曜日には母親の弟ふたりもやって来て、姉を責めたてた。

「いわんこっちゃないやろ。お金は最後まで自分で持っとけと忠告してたやろ。なんでそんなことをしたんや。今、そのお金があってみい、洋子さんも娘たちもわたしがおかあさんの面倒をみますっていうて争いになるくらいやったと思う。年とったらお金は大事なんや。お金が自分を守ってくれるんや。姉ちゃんは何に守ってもらうんや」

「もう、いわんといて。おとうちゃんに早く迎えに来てもらうように頼むわ」

と母親はいうほかなかった。

それから六年半。

母親はやっかい者扱いされながら、最後は三女の家で息を引き取った。

四人の娘たちは今や四人共、六十歳を超え、母親を反面教師にしてお金は死ぬまで手放さない決意をしているそうである。

わたしも四、五人の女友だちにこのことについてしゃべったが、全員、「お金は死ぬまで手放したらあかん」という考えであった。

「わたしは親孝行なんか期待してへん。介護も無理や思うてるわ。うちの嫁、子育て中やいうのに爪は伸ばし、爪には赤のマニキュア塗るしで……。そんな手で介護なんかでけへんわ。身体動かんようなったら、設備のいいずっと面倒みてくれる病院へ入院するわ。そのためにお金貯めてきたんやから。息子や嫁や孫なんかあてにはしてへん。せやから、孫やいうても最低限のことしかしてやってないねん。親がついてるのに、おばあさんのわたしがしゃしゃり出ることないもん。わが子やいうてもわたしは信じてへんねん。冷たい親やと思われるかしらんけど。息子を信じたんは結婚するまで。それ以降は信じたくなくなった。自分の嫁の爪の注意もできん息子がふがいないねん」

「そうや、わたしも同じ考え。もし、息子にあげてしもうたら、嫁がブランドのもん、買いあさるのわかってるわ。それに食べ歩き。財布握ってるんは嫁やから。死ぬまでお金、自分で持ってた方がいいに決まってる」

「うちは娘ばかりやけど、やっぱり、渡しとないな。娘はわたしら親よりも、主人や子どもの方が大事な様子やから。実家に帰って来てももらいに帰って来ているようなもの。これ欲しい、あれ欲しいいうて、折角、買ってたもんも三人の娘が持って帰るんやもん。せやから次来る時、あれこれ買って来てくれるのかと思えば買って来《け》ーへん。また、欲しい欲しいいうて持って帰る。親のこと大事に思ってたらそんなことはせんと思うから。お金や物が惜しいというよりも、最近、六十過ぎてからよう疲れるんで、また買い物に行かんとあかんと思うと娘らが来る度に腹立って……。わたしの育て方が悪かったんやろなと自分を責めたりして、心身、しんどなるわ」

「ほんまやわ。よくわかるわ」

六十代の親たちは会うと「わが子を信じるべきか」を真剣に論じているのである。

お受験

年々、受験が加熱しているようであるが、その親心につけこんで詐欺まがいのことをしていたある医者の妻の話を紹介したい。

いまだに、私学に於いては裏口入学というか、口きき入学がまかり通っているのであろうか。

わたしはないと信じたいが……。

入学の世話をしてあげるといって、受験生の親からお金をもらっている医者の妻がいた。

無事合格すると御礼は五十万から百万。

誰もよそへは知られたくないからすべて極秘での御礼。

銀行振込や現金書留も駄目。

すべて手渡し。子どもの出来が悪いから口ききを頼むのである。優秀な子の親はまずない。

親はその人の口ききで合格したと思いこんでいるからそれくらいの金額など惜しくはない。

では口をきいてもらったのに不合格の場合はどうであろうか。

「下駄履かせたかったんやけど、あまりにも点数が悪くて無理やったんやわ。ごめんなさいね。もう少し下のランクの所、受けはったらよかったのに……」

とか何とかうまくとりつくろっていた。

一校か二校だけなら自分の母校、あるいはゆかりの人が校長や理事長などしてるということもあるが、その人の場合は関西系の私学すべてに通じているということもおかしいと疑問に思うべきであった。

いつ頃からか、実際に御礼を支払った人たちの間から、「あとでうちの子の入学試験の成績をきいたら、前から数えた方が早かったんよ」、「あら、うちもよ」と秘密うちに進められたはずなのに、その話は広がって行った。

「お金返してくれとまではいえへんけども、何かうまくだまされたようで、気色悪いわ。あの人、人の恨みを結構、こうてると思うわ。何か、不幸が起これへんかったらいいけど……。怖いわ」

といわれるようになっていた。

それでもそれは終わった人の話であって、これから受験を迎える親にとっては、その人の存在は頼りになると思って、わらにもすがる思いで口ききを頼みに来るのであった。

だいたい十人頼みに来たうち、半分は毎年合格するので、笑いが止まらないくらいお金が入ってくる。

そのうちあまり流行っていない開業医の夫より収入が多くなった。

といっても極秘の収入なので税金の申告もせず、丸もうけであった。

世の中にはこういうふうな悪質な金もうけをしている人間もいるのである。

その人には娘と息子がふたり。

娘は適齢期であった。

そのうち、外国語学校の教師をしているというアメリカ人と大恋愛し、めでたく結婚の運びとなった。

何でも娘の婚約者の親はアメリカ、ロサンゼルスの高級住宅地に住んでいるというので、にわかには信じられずに、娘と一緒に婚約者の親に会いに行ったところ、本当であったので、親子共に有頂天になってしまった。

もともと拝金主義の母親。

嬉しくてまわりに吹聴せずにはおられない。

結婚式も○○ホテルに決まり、大勢の人に招待状を出した。

披露宴には出ない人も一応御祝いは届けた。

自宅の庭をつぶして娘夫婦の住む洋風の家も建築をはじめた。

準備万端整いつつあり、母親は上機嫌であった。

永年貯めていたお金が娘のために消えても悔いはないというほどの喜びようであった。

ところが母親の喜びをよそに、娘は結婚式が近づくにつれて暗い表情になってきた。

少し気になり、知り合いに打ち明けると、「マリッジブルーじゃないの。結婚する前に女性が少し感傷的になるっていうから。それじゃないの」

といったので、母親もそう思うことにした。

結婚式予定の五日前、娘は青い顔をして帰宅して、母親を自分の部屋へ呼び、自分の悩みを打ち明けた。

「えっ？　ホモ？　男の恋人がいる！」

と驚きの声を発した。

娘がいうには、キスや抱擁はしてくれるけれども体を求めることは一度もない。

五度ほど、彼のアパートへ泊まったが全くそんなそぶりもない。

一度目、二度目は、結婚までは清いままでと自分をこんなにも大切にしてくれると思っていたが、三度目からは少し疑問を持つようになった。

そして、先日、娘は抜きうちに彼のアパートをたずね、見てはいけないものを見てしまったのであった。

彼は「ごめんね。ごめんね」とあやまったというがあやまってすむものではない。

娘の積極性に押し切られて婚約したものの、日数がたつうちにどうしても女性を愛せないことがわかり、いつか打ち明けようとしていたという。

何という無責任な男だろうか。

結局は結婚は破談。

ホテルをキャンセルしたのは予定日の三日前。キャンセル料は一切戻って来なかった。

屋敷内に建築中の家も中途で止めた。

娘は日本にいたくないと行って欧州旅行へ旅立ってしまった。

これまで多くの人から入学の口きき料として集めたお金が一瞬のうちに泡と消えたのであった。

「やっぱりね、いつか何かあると思ってたわ。あの人、別に○○学園の校長先生とも△△学園の校長先生とも知らんかったらしいよ。わたしがいつか校長先生にあの人の名前を出して聞いたら、さぁ、存じ上げませんていうたもの。口から出まかせいうてたんやと思うわ」

「でも、世の中、今、お受験が関心の的やから、こういう風潮が続く限り、口ききやいうてもうける人はなくならんと思うわ」

「あの人、娘さんの結婚が破談となってからいっぺんに年をとりはったわ。娘はわたしの夢、わたしの希望やというてたから」

「悪いお金は必ず精算させられるということをまのあたりにしたわ。やっぱり、悪いことしてもうけたお金はそっくりそのまま返さんとあかんていうことやわ」

医者の妻は娘の破談を自分の胸だけにおさめきれなくて、ひとりの女性を信頼して打ち明けたというが、今や、何の面識もないわたしにまでその話は伝わってきている。

悪事千里を走るといおうか……。

女はしゃべりといおうか……。

とにかくお金というものはコツコツ働いてコツコツ貯めるものである。

破談から十余年が経ち、娘は帰国せず、欧州人と結婚して、現在、幸福に暮らしているそうである。

その母親は懲りもせず、今年もお受験の口ききをしたといって口きき料をもうけているそうである。

前回は娘さんに不幸がやって来たが、今度こそ、本人によからぬことがふりかからないかと周りの人たちは案じているが、誰もその人に忠告する者はいない。

使えないお金

他人から何かの折りにいただだいたお金で使えないで、そのまま置いてあるお金がある。

その一。旧札の五百円札。

夫とわたしは二十三歳同士で結婚し、貧しい新婚時代を送っていた。

それでも友だちが多く、よくたずねて来て飲んだり、食べたり、泊まらせたりしていた。

韓国人のF君もそのひとり。現代美術家であった。

一時期、わが家からアルバイトに通っていた。

彼は腎臓が悪く、時々、失禁した。

その臭いは異常に臭く、彼が失禁した日には、晴れることを願ったものだった。

失禁の箇所を熱い湯をひたしたタオルで何度も何度も拭き、そして陽に干した。

やがて、彼は遠慮して泊まらなくなってしまった。

アルバイト先もやめ、京都の実家へ帰った。しかし、なつかしいのか、夫や友人知人が展覧会をすると京都から大阪へやって来た。

ある夜、七、八人で食事のあと、なぜだかわたしにお金があり、全員の分を払った。

だ。

（多分、投稿していた論文が入選し、まとまったお金が入ったのだと思う）

みんな貧しいので、「美沙子さん、ありがとう」といって無邪気に御礼をいった。

ところがF君はわたしを追いかけてきて、無理矢理、わたしの上着のポケットにお金をねじこん
「いらんねんよ。今日、わたし、金持ちやから」

といってF君の上着のポケットに返すと、

「あかんねん、これくらいとってーや」

といってまたわたしのポケットに返す。

「しゃーないな。そこまでいうんやったら、もらっとくわ」

といってわたしは素直にいただいた。

家へ帰ってポケットから出すと、くしゃくしゃに丸められた五百円札であった。

「F君、どうしてもっていうからもらったんよ」

とわたしは夫に報告した。F君はその後結婚した。

それから数年してF君は腎臓ガンのため亡くなった。

友人と一緒に葬式に行ったら（夫は東京で展覧会をしていて留守）、F君は目をぱっちり開けたま
ま亡くなっていた。

F君の妻が、

「どないしても目をつぶれへんかってん。先生がずいぶん努力しはったんやけど……」

と泣きはらした顔をしていった。

F君は三十二歳。

まだまだこの世でやりたかったことが沢山あったんだろうなぁと思うと、後から後から涙が出て止まらなかった。

五百円はF君の形見となってしまった。

F君はわが家からアルバイトに通っていた時も一円もわたしに渡さなかったし、わたしもいただこうなどと一度も思ったことはない。

貧しい同士、お互いさまと思ってつき合っていた。

それなのに、あの夜だけ、どうしてもわたしに五百円渡したかったのだろう。

いただくことでF君の御礼の気持ちを汲んだのではないかとわたしは勝手に解釈して、時々、その五百円札を眺める。

その二。美術家の夫が独身時代から児童画のアトリエをしていたので、二十余年間、手伝ってきた。

アトリエの生徒に身体の不自由なK君がいた。幼い時に、お母さんが亡くなり、おばあさんが育ててきた。

おばあさんは凛とした人で厳しくも心やさしい人であった。

K君は自立心が強く、周りの健常者の子どもたちが逆に励まされる存在であった。

K君が通って来ていた時、わが家が隣家より火が出て一部類焼した。

数日して、おばあさんが半紙に包んで、四ッ折りにした見舞金を持参した。

近火見舞いと書いてあった。

中を開けてびっくり。

一万円札を折りたたんでいたのだ。

こう書いては失礼ではあるが、決して豊かには見えなかったのに、こうした大金を見舞いにいただき恐縮した。

そのお金もそのまま半紙に包んだまま、鏡台脇の小引き出しの中に入れてある。

その三。作家の松下竜一さんより送られて来た、二万円。

松下さんは自分でもビンボーをテーマにした本を何冊も書いた人。

十年ほど前に、文芸評論をしている同郷の友人、中野章子と、「夫にはしたくない男たち」十二名を選び『男たちの天地』（樹花舎）を刊行した。ちなみに登場人物は、内田百閒、牧野富太郎、稲垣足穂、南方熊楠、坂田三吉、田中正造、種田山頭火、耕治人、千家元麿、古今亭志ん生（五代目）、棟方志功。

その十二名の中に松下さんを入れていて、本を送ったところ、十五冊も買いあげてくださった。その時の本代である。

章子さんにも一万円渡したが、章子さんも使えず置いてあるそうである。

ビンボーな松下さんよりいただいた二万円。

松下さんが亡くなられたからこそ形見となり、ますます使えなくてそのまま置いてある。

あと、五島のゆかりの人たちからいただいたお金もそのまま置いてある。

どのお金も真心の結晶であるから使えないのである。

母の生前、五島へ帰った時、母が大切に保存している着物と二千円を見せてくれたことがある。着物は亀甲の柄で、わたしが大阪で働き始めて、初めてのボーナスをはたいて母へ買って贈ったウールつむぎの着物である。確か七千円と記憶している。

二千円はわたしが働き始めて、初めての給料の中から母へ送ったものである。わたしの初月給は健康保険等すべて引かれて八千円ほどであった。

というのは、母はわたしが大阪へ旅立つ朝、母が和裁をして貯めていたへソクリをそっくりわたしに持たせてくれたので、そのお返しのつもりだったのである。

その二千円を母は大切にとっておいてくれたのである。

「あらよー、あががさ、都会で働いてかあちゃんに送ってくれたかと思うとさ、もったいのうてよう使わんじゃったとよ。嬉しゅうてね」

といい、母は死ぬまで保存していた。

母に限らず、五島のおばあさんを幾人か取材したことがあるが、どの人も古ぼけてしまった現金書留の封筒を大切にとっていて、「これはさ、○○が初めての給料ばもろうた時に送ってくれた分、これはさ……」と説明しつつ見せてくれた。

十一人も子どもがあるおばあさんは、十一人分の現金書留を中味のお金はそのままにして置いていた。

「学校もろくに出しきらんじゃったとに……。中学校ばやっと出て、都会の紡績へ住み込みで働きに行ったおなごん子のことば思えば、もったいのうて使いきらんとよ」

と使わない理由を涙を浮かべていった。

それはどの人の思いも同じであった。

貧しい家の子どもほど、親に対する還元度は大きいというから、その後も仕送りを続けただろうと思われる。

「あん子どんが家におった時も貧乏ながら食べちょったとじゃけん、あん子どんがおらんごとなったら食事代はうくとよ。じゃけん、あん子どんが送ってくれたお金は将来、あん子どんに返してやろうっち思うて、貯めよっとよ」

と健気に子どもたちのためにお金を貯めているおばあさんもいた。

豊かな親子にはめばえにくいお互いへの感謝のようなものが感じられ、胸が熱くなった。

物やお金が豊富な環境で育つと、何をしてもらっても当たり前で、感謝の心が希薄であるが貧しいと、何をしてもらってもありがたい気持ちでいっぱいになる。

わたしの使えないお金も実家の母のように死ぬまでわたしの手元に置いておくことになるかもしれない。こうして書いておくと、家族がわたしの使えないお金の意味がわかるだろう。

おわりに

「この世にあるものは全部、物もお金もさ、神さまからの預かりもんたいね。借りちょっとさ。じゃけん、生きちょる間は借りちょって、死んだらさ、返さんばいけんとよ」

と父母は教えた。

中学生の時、社会科の授業で、国の定義として、国土、国民、憲法、この三つが必要と習った。その時、少女ながらに、国土というのであれば、国民全体の土地なんだとわたしなりに理解した。どこが誰の土地でどこが彼の土地と境界を決めるのはおかしいなと思った。

実際、わたしが生まれ育った昭和二十年代、三十年代までは、五島列島には桃太郎の世界が息づいていた。

わたしの生家は福江島の中心地にあり、まぁ、五島では都会の方であった。

その中心地に住む主婦たちは近くの宗念寺川へ晴れた日には洗濯に行った。

平たい石の上に洗濯物を置いて、川の響きに負けないくらいの大声で世間話をしながら洗濯を終えるのだった。

水の量がたっぷりで流れも速いので、ゆすぎも十分できた。

宗念寺川は誰の川、彼の川ということもなく、福江の町の人たちの共通の川であった。

わたしたち子どもはまた春には宗念寺川の脇の広い田んぼが遊び場だった。

黄色い菜の花と赤紫のれんげ草が咲き、そこも誰の土地、彼の土地ということもなく、あぜ道に自生しているセリを摘んで帰るのだった。

後に田んぼはちゃんと持ち主がいたことを知ったが、とがめられたことは一度もない。

昔から宗念寺の田んぼは近所の子どもの共通の遊び場で持ち主も容認していたのだろう。

寺や神社の境内、原っぱ、山、砂浜……あらゆる所が子どもたちの自由な遊び場だった。

山に入って木によじ登り山桃を採って帰っても誰にもとがめられたことはない。浜へ行ってみな貝を竹ざるいっぱいにとっても大丈夫。

暮に餅つきをすると、隣近所へ配り歩く。

また隣近所の人も持って来る。

「あんたとこはいつつくかなぁ」

「〇〇日」

「そしたら、うちは一日遅らそうか」

などといって、日にちをずらすので、二十七日以降、三十一日まで、毎日のようにつきたての餅が食べられるのであった。

そういう土地でわたしは育ったのである。

しかも、先祖代々のカトリックの家系で育てられ、父母が無類の人間好きで欲のない人たちであったから、人間とはそういうものだと思っていた。

しかし、わたしが十八歳で大阪へ旅立つ前、父は教えてくれた。

「ミンコよい（美沙子の愛称）、都会へ出たらさ、全部、自分と同じ考えの人間ばっかりっち思うちょったらいなかとよ。世の中は広かけん、中には根性の悪か人間もおると思うけん、気ばつけんばよ。じゃばってんさ、ミンコがさ、そん人んことば憎まんじゃったら、相手もミンコば憎まんとよ。人の良かとこばみつけてさ、つき合えばうまくいくとたい。欲張りはいなかとぞ。自分に少しでん余裕があったら、まわりば見回してさ、困っちょる人がおったら助けんばよ。たまたまミンコにお金があるとは、神さまからの預かりものっち思うてね、欲張らんこと。みんなにふるまわんばいなかとよ。食べ物もこん地球上に住んじょる人間全部が困らんごと神さまが与えてくれちょっとよ。みんなで分けて食べんばよ」

思い出せばきりがないが、父はこれだけは教えておかなければと思うことを、毎日、毎日、繰り返しわたしに教えたのだった。

そして、父のいった次の言葉をわたしは講演の時、必ずしゃべるようにしている。

「ミンコよい、人になつかしがられる人間になるとが、人間として一番上等なことぞ」

人になつかしがってもらえることが物やお金より大切だということを嚙んでふくめるように教えてくれた。

昨日、清島のおばさんより贈り物が届いたので御礼の電話を入れた。

「美沙子ちゃん、美沙子ちゃんとこの父ちゃんと母ちゃんに出会ったことはわたしの一生の宝よ。

人とのつき合い方、情けのかけ方ば教えてもろうて、わたしもさ、だんだん、父ちゃんや母ちゃんに近づいとっとよ。わずか数年、五島へ疎開して隣同士で住んだとがよかったと。父ちゃんと母ちゃんのことは一生忘れきれんとよ。なつかしかね。いつも思い出すとよ。こげんして、子どもさん方とおつき合いが出来て嬉しかとよ」

といってくれたので、娘のわたしの方が嬉しくて涙ぐんでしまった。

六十余年経てなつかしがられている父母は活きた言葉を子どもたちに残したのだなぁとあらためて思った。

本書に登場する様々な人々の姿を読み返して感じることは、その人なりに精一杯生きたんだなぁということである。

大阪弁でいうところの「じじむさい（みみっちい）」生き方であったとしても、その時には一所懸命日々を生きたのだと思う。

父母は「物やお金に執着する根性の悪か人間に生まれついたとがつんだひか（可哀相）。誰でもさ、欲深うのうて、人に好かれる性格に生まれたかったたじゃろうもんの。そん人の生まれ育ちの中で、物やお金に執着せんばいけんことがあったかもしれんし……」

といって、欲張りで根性の悪い人をかばうのだった。

父母の視点に立てば、本書に登場するどの人にも愛情をかけるべきなのだ。

脱稿近くになって、ようやくそのことに気がついたわたしである。

だからといってもう一度、愛情深く書き直すということはしたくない。

わたしだって人間、やはり筆の中で憎々しく思ったり、苦々しく思ったりすることもあるからだ。それは読者に正直に伝えたいと思う。

わたしは一度、物やお金にまつわる話を一冊にまとめておきたかった。

本書は東方出版社長今東成人氏、編集担当の北川幸さんのお世話になった。

心から御礼を申し上げたい。

そして、登場人物をはじめ、わたしの本のために協力してくださった友人知人、親類の皆さまにありがとうを申し上げたい。

二〇〇七年十一月

今井美沙子

今井美沙子（いまい・みさこ）
1946年、長崎県五島列島生まれ。ノンフィクション作家。1977年『めだかの列島』（筑摩書房。2002年、清流出版より再刊）で執筆活動に入る。『わたしの仕事』（全10巻、理論社）で産経児童出版文化賞を受賞。1986年『心はみえるんよ』（凱風社）が「ふたりはひとり」として日本テレビ系列でドラマ放映。著書は、『心の旅を——松下神父と五島の人びと』（岩波書店）、『人生は55歳からおもしろいわん』（岩波書店）、『316人の仕事のススメ』（小学館）、『夢の知らせ虫の知らせ』（筑摩書房）、『おなごたちの恋唄』（集英社文庫）、『やっぱり猫はエライ』（樹花舎）、『もったいない じいさん』（作品社）、『60歳、生き方下手でもいいじゃない』（岩波書店）ほか多数。最新刊に『家縁——大阪おんな三代』（作品社）がある。

夫の財布 妻の財布

2008年2月6日　初版第1刷発行

著　者——今井美沙子

発行者——今東成人

発行所——東方出版㈱
〒543-0052　大阪市天王寺区大道1-8-15
Tel.06-6779-9571　Fax.06-6779-9573

装　幀——森本良成

印刷所——亜細亜印刷㈱

落丁・乱丁はおとりかえいたします。

ISBN978-4-86249-097-1